沃斯米娅
跃出大海

〔科威特〕莱伊拉·奥斯曼 著
王 复 译

وسمية تخرج من البحر

ليلى العثمان

第一章 / 001

第二章 / 011

第三章 / 023

第四章 / 027

第五章 / 033

第六章 / 047

第七章 / 055

第八章 / 061

第九章 / 073

第十章 / 089

第十一章 / 107

第一章

昏黑的天空没有月亮，一颗星星像痴醉的女人的嘴闪动着微光，灰色的云块稀疏散落，彼此不相连。

酷热的灼烧与扬尘的风暴之后，吹起了初春的凉风。海就在他面前，茫茫无际，波逐浪舞，随着那不时袭来的有力的风动，浪尖上顿时白沫飞溅。

他独坐渔艇上，充满惆怅，只觉着丝丝的抑郁在灵魂中伸延、巨大的孤独在体内铺张，又成无数分支到体外，扩大着、扩大着……正变成环绕其身的环，俨如魔女们的手臂，将他围拥着。

他把双臂举向天空，摇动着，欲击碎这环，让其沉落大海，随波而逝。当他觉得包围已被粉碎时，心方释然。

他左顾右盼，双眼追随着大海，最后紧盯着指示着渔网位置的红色的鱼漂。

他自忖道："今晚会有收获吗？"

天气预报说，凌晨三点海水涨潮……

这预报会准确吗？还是像多次发生的那样再次失败？要在这儿

等吗？

他不习惯等待，每每是一个人把网撒下，翌日清晨与同伴们返还，用那黝黑的臂膀把财富拉出。

同伴们跃然眼前。虽有白昼的折磨与黑夜的煎熬，他们的面孔却永远微笑，一旦围坐在小小的客厅里，一切不快很快消失在九霄云外。风吹刮着记忆，脑海漾动，他们讲述着各种信息，熬着夜，聊着天，玩着达迈棋和纸牌，用那些赤裸裸的笑话轻松着自我，再激起五花八门的欲望，谁要想溜之大吉，大家便群起而攻之。

一幅幅画面接踵而至，丝丝的抑郁不离其身，他提醒着自己：我若屈从于这抑郁，便绝无成功。

他站了起来。海浪戏弄着渔艇，使其在水面上旋舞不停。他做了些体育动作，舒展着身躯，摇摇晃晃，愉悦传入体内，仿佛有柔软的手指伸入他的四肢，轻轻地搔逗着。当他感到满足后，重又坐下休息，想着该如何打发时光。

他孤身一人……漆黑的夜目睹着他的焦虑。他自忖道：我干吗不去唱唱歌呢？我的喉咙很久未得舒展了，声音怕已生锈了。

在客厅里，他们都喜欢我的声音……有一次哈迈德对我说："你的声音真像欧德·杜黑。"

我笑了，我的声音怎么能与那淳厚、美妙的声音相比呢？可是哈迈德却支持我，肯定地说："以安拉发誓，你的嗓音真像欧德·杜黑。"

说罢，他似乎在鼓励我，拼命地要求道："唱吧，阿卜杜拉！唱吧！我们特别喜欢你的声音。"

我急忙摆手拒绝，可他们却坚持着。我解释道："自从欧德去世后，我的心不再想唱歌了。"

"那你也特别欣赏他的声音？"

"是的。以前我总是刻意模仿他的声音、他的唱法和他那温和的喉咙中发出的轻轻不断的颤音。"

哈迈德还在求我，我说："他去世后，我一唱歌就感到痛苦。我觉得他会来到我的梦中，指责我。"

哈迈德问："他听过你唱歌吗？"

"听过。一个朋友请我去过他家，对他说我的声音很像他的声音。他什么也没说，带着亲切的微笑操起乌德琴①，弹起了我喜欢的曲子——《昼夜咖啡馆之声》，那诱人的弹奏使我情不自禁地哼起了那支歌。"

"他喜欢你的声音吗？"

"是的，他称赞了我，我乐坏了！"

说到这儿，大家一齐要求道："唱吧，阿卜杜拉！唱吧！"

我的声音颤抖着，两滴泪水随颤抖滴落。当我试图展开歌喉时，一种深藏的东西在撕裂我的心……

同伴们沉默了，不要求我唱了，他们开始怜悯我。

可今晚，唱歌的愿望油然而生，我不再犹豫。或许鱼儿能听到我的歌声，带着对那深藏祖辈心底的悠远曲调的思念游来。现在这一代人可不知道那些曲子，也不去找寻它，可它依然镌刻在海底，跳动在女精灵的唇边，期盼着潜水日月的回归，任歌喉响亮永不疲倦。如果今夜鱼儿听到我的歌声，定会欢快不已，它们将来到我身边跃舞嬉戏，温存我的孤独。它们将击碎我的愁伤，将化作闪电震撼着我，吸尽我体内的哀婉，为我欢庆，仿佛我的归来就是它们的节日。

---

① 乌德琴（Oud），流传于西亚、中亚、北非等地区的一种传统拨弦乐器，状如琵琶，声音特性和演奏技法则更接近于吉他，被誉为"阿拉伯乐器之王"。乌德琴被认为是中国琵琶、欧洲鲁特琴的前身。由于现代吉他延自鲁特琴之一种类，故乌德琴也被视为吉他之祖。——译者

啊，我的苦痛，如果我能为你注入久眠的歌！如果我能扯碎你那令我欢乐的尸体在你的缠裹中颤抖的殓衣！噢，被扼困在我喉中的歌，我多么期盼，期盼着你冲出来。

* * *

他挤压着记忆，使其在诗句和歌词间徜徉。他的声音颤抖了，十分微弱。他又沉默了,然后,他仿佛感到羞愧,再一次尝试……然后,送出了"啊！玛露……啊！玛露……"之声。

海波轻漾、涌动，荡起来了。他感觉到那来自海底的欢笑声在船旁铺排着，催促着他，泡沫在浪尖上欢乐于夜的聚会，美人鱼的花冠在浪花上飘荡，白鹤优美鼓翼，那是钟情夜景的翅。他正是浪花上的夜景的痴心人，爱恋的鸽子在心中起舞，于是，那歌唱终于冲出喉咙："啊，夜的守护人，你如我一般无眠；啊，鸽子，你让我想起了亲人的容颜……"

那歌声源于心底，流溢于被时间猎获的深埋的心灵，尽管日月已暗杀了心灵的欢乐，可他仍不遗余力地奔向大海，每次都犹如初次相见，紧紧地拥抱它。这宛如炭火般炽热的钟情永久不变，无论是烦躁犹豫，还是恐惧或失望，都不会将其熄灭。

他的歌声停了下来，怎么没有一条鱼儿跃水起舞，可能是自己的声音未能到达。他于是沉默了，等待片刻后，他注意到自己的歌声中有着失望。

于是，他对自己的心灵细语道："人最怕失望灰心。"

他又继续那轻柔畅流的歌，胸中涌动着思念。回荡的歌声在身边飞舞，撕碎了那孤寂的圈。音乐送往每一朵浪花，让其舞蹈翩翩。

浪花即歌，他感到它游动、飞溅，正在唤醒沉睡的鱼儿，撒在不远处的网上的红色鱼漂如鸟儿般轻轻地浮动着，那爱情的鸟儿正在他的胸中鼓动着双翼。

谁在抱怨他？

晨光尚未将爱恋的人儿的面孔照亮，太阳尚未升起，谁会抱怨他呢？

他的声音再次响起，继续着他喜爱的欧德的歌：

噢，责备我痴情，令人难言：
你不知痴情的夜昼是熬煎，
思念将青春的岁月翻卷，
我心中的秘密不时隐现，
……

红色的鱼漂不停地颤动着，他感觉到鱼儿正成群结队地竞相往渔网汇集，仿佛它们正步入他的心田，与他共忧患，谛听他的诉怨，安慰他的孤单。

啊，明天就要起网了，他的心即将欢唱，他将肩负财富，从每条鱼嘴中嗅着他喜欢的气息。鱼儿或许会把那依然鲜活的海底的记忆带给他。可是，如果渔网空空呢？如果他觉得鱼儿、鱼儿的气息及它们的记忆已弃他而去呢？如果网里只有些破鞋、碎石、烂草呢？他的欢乐将重隐心底，他的梦亦将破碎。

他哆嗦了一下，拒绝着这一想法："不，梦绝不会破灭。希望的翅膀即使中箭也依然翱翔。"他厌恶气馁，向屈从开战，他了解海，知道无论如何，这大海浩瀚威严，却总是慈祥的、慷慨的。

他记起了童年，他的爱，他的梦，他从未有一天丢掉过希望。那敲伤他腿的人的责骂与咆哮不曾击败他，他"没资格"的想法不曾击败他，无论境遇如何，他始终是一个充满梦想的孩子；无论如何艰难与贫穷，希望始终把失望和沮丧的外套从他的心灵上掀开。

现在……

他那永远喊叫的妻子！她在他身边，就是那不断敲击着砧铁的铁锤。她使他怀念那已逝的岁月，将他送回那温暖身心的永远的思念。她不明白，无论她如何吼叫，他也不会退缩。他仍然沉溺于对海的爱恋，他奔向大海，让它吸尽自己的痛苦，忘掉她的声音，忘掉她的强求，仿佛他要永远远离那吼叫。可是他也知道，吼声依旧。

他记起了她，仔细看看表，发现时间流逝极快，犹如火星一闪即逝。那么，他应该离开他的海恋人，吞噬自己的歌，让他的网孤寂整夜。明天清早，他将与伙伴们的微笑共同返回，用大家的臂膀拉动收获。他将从鱼儿们的眼中看到他熟悉的目光，从它们的身上看到他熟悉的色彩，从它们的口中嗅到他深爱的气息。明天，他将拥抱所有的鱼儿。是的，他肯定会这样做的。现在呢，必须回家，必须！

* * *

他每天从大海归来渐近家门时，都祈望不要碰见魔鬼。当他把潮湿的钥匙插入门锁，打开门，轻轻进入时，他看到她就像那他祈望不要碰到的魔鬼一样。

她那蜷缩着的沉重的身子令沙发蹒跚，困倦袭击着她，扯拉着她浮肿的眼皮。可她却在抗争着，但那不是对他的担心、思念的等待，她不是那彩云女子，等待焦渴的爱人归来，让他痛饮爱情，解除他的干渴；她更没有那焦急盼望幼子归来的母亲的心，她只是等他回来便向他掷去倾盆的吼叫、抱怨和命令。当他想把疲惫的身体放到对面的沙发上时，她命令道："别坐！赶快去洗澡，最好连你的皮都扒下来！"他深深地吸了一口气，尽量让自己的声音显得真诚，以获取些她的同情："你哪怕有一次能微笑着迎接我回来！哪怕就一次，说一声：赞美安拉，你平安到家！哪怕就一次……"

她瞪着一双大大的眼睛，打断了他，嘲讽着他的温柔："为什么？莫非你去旅行了？"

无知！要么是装傻！她居然不明白大海就是旅行，捕鱼就是旅行，在那茫茫无际大海之上的等待就是旅行。她忘记或假装忘记，毫无差别——尽管大海有母亲的慈祥，但它却是忘恩负义、欺诈和凶泼的，就像她一样凶泼的。她忘记了，大海吞噬了多少潜水人，击碎多少船只，劫掠了多少货物，使多少商旅遭难！

他向她靠过去，可她却对他吼道："远点儿！不许坐下！"

他失望了！毫无用处！当他走到洗澡间门口时，十分后悔。

为什么要屈从呢？为什么不转过身去，冲着她那张大脸喊叫，然后附上重重的一记耳光呢？当她舌头麻木，永远不再说话，他则可以休息了。发一次火，赢得这次战役。他停住了，心中的魔鬼在引诱他，让他这样想，这样做。但他终于理智了，求主保佑他不受魔鬼及她的伤害，并想："这对我无所谓。只要我还干我的工作，满意我的工作就行。我要让她知道，尽管她大喊大叫，满腹牢骚，压力不断，我仍然沉溺于我的工作，让她下地狱去吧！"

* * *

他脱掉衣服，海的气味散发开来，他喜欢让鼻子紧贴着这衣服，吸着它的芬芳直至清晨。

他将浴缸放满水，将身体浸入水中，闭上双眼，想象着自己正被一个慈祥的浪拥裹，那浪逗弄着他的身体，激起哀愁与欲望。他使劲地搓着身子，觉得自己像在刮皮一样，甚至要刮掉所有的汗毛孔。当他肯定自己十分干净时，便离开那波浪，往全身喷上香水，裹着浴巾，向她发出命令的地方走去。

他爬到床上，开始不安起来。

他靠近了她。可她仿佛正在等待这一时刻，陡然火了起来："喂，你来晚了，你想来烦我了？"

"好姑娘。"他请求她。

可她却冲着他的脸叫道："好姑娘得像那些受压抑的女人一样忍耐！"

"可是，谁说过我欺负你了？"

她坐了起来，转过身对他说："你还有别的吗？你白天晚上干的该是什么样的虐待呀！海……打鱼，同伙……简直是灾难！"

他想让她安静下来，便说道："好姑娘，这不是咱们的饭碗吗？"

他的声音让她再一次激起了泼悍："不对！原来的工作是你的饭碗，可你放弃了，去干这该死的活儿。"

"你要知道，大海的好处可多了……能赚到比原来的工作多得多的钱。赞美安拉吧，我们生活得不错。"

她撇着嘴，吐着气道："你和你的享受都好。海成了你的享受了，你们抛离了家跑到海上，在渔艇上相聚，我们却在给你们准备享受的物资：晚饭、花生、瓜子什么的，哼，你当然知道还有什么了。"

"你明明知道，却装糊涂，我到海上可不是为了享受。"

她几乎是带着仇恨在喊着："让安拉诅咒大海吧！"

望着她那狰狞的面孔，面对她对他所爱的诅咒，他该如何回答她？说什么？如何回复诅咒？

他将一如既往地宽恕她，今夜他需要她。

他靠近她，她躲开了。他再靠近，她便鄙夷地说："远点，远点！你身上的味儿腥死了。"

他闻着自己，笑道："我说好姑娘，哪儿来的腥味儿？我都把皮刮了一遍了。"

"那也白搭！你那腥味儿是从你的肉里长出来的，你就是用一千块肥皂洗也没用。"

他重又讨好道："好姑娘……"

好姑娘拒绝他。他仰面朝天躺着，闻着自己，只觉得自己就是海，整个大海，他所钟情的迷人的大海。每当他的双眼与那湛蓝相遇，他的目光便溶解了，他便如梦游般地向海走去；当那"腥味儿"进入他的鼻息，生命立刻回到他的躯体；当他那疲惫的身躯投入到泡沫环绕的浪的怀抱，痴醉的美人鱼们抚爱着他的肉体。那海沙柔柔，低声细语，摩搓着他的双耳，使他舍弃一切舒适的枕。海滩上的碎石、贝壳，各自向他讲述着翌日的计划，因为海浪将把它们带向大海的中央。

噢，如果她能知道他是何等地爱恋大海！

他又一次向她讨好，但痛苦却充满心中。他愿以任何东西、任何形式消除和忘却这痛苦！他要驱赶它，即使以贴近那讨厌他的气味和他所爱恋的海的气味的妻子的身体为代价。

但她仍然拒绝他，并突然问道："你干吗不从市场上买条鱼，为你解累舒身呢？"

他仍在安抚她，道："谁说我累了？！"

她急了:"还要人说吗? 你以为自己是年轻人吗? 你忘了你已经老了,有了白头发了!"

一阵战栗:她使他记起了踏过他额头和头发的岁月。就是到了五十岁,他仍觉得自己活力无限,能与大海嬉戏,能拉网,能熬夜,能承受辛劳——这能延长他的生命,令青春永驻,使他的日日夜夜充满忍耐与希望。他不想再留在家里,便离开了那疲劳的躯体在浴后想拥抱的床。

"上哪儿去?"她叫道。

"去找魔鬼。"

她的声音更高了:"是去大海!"

他急忙离开,可她的声音仍然追逐着他,她那问声如利箭穿透他的心:"我真不知道,你喜欢海里的什么?!"

噢,如果她能知道……

他使劲地关上身后的门,犹如关上她的嘴。这个蠢货,她能够感受到那沉睡的伤痛正在他的胸中尽情地伸展着吗?

这该诅咒的女人如何理解,她正以其对他的爱之恋情的反复追问打破了风暴的沉寂,使战栗传遍全身。遥远的过去的树被摇撼着,记忆竞相坠落,唤醒了一切沉睡的事物。噢,如果她能知道,她正以那反复不断的问题唤醒了那深藏在他心中的那张脸,那一对明眸重又回到他眼前,都如两粒炽热的炭火,一对纯真的明珠,两个成熟的果实在他面前闪跃。于是,一切均被照亮,她的一切都容光焕发,甚至她的名字!

第二章

沃斯米娅。

她的名字叫沃斯米娅。

噢,那张微黑的、闪动着沙漠色彩的面庞。噢,那夜空中闪烁的明星。那玛里德歌曲,那流行的儿歌。还有那狭窄街巷中水池里的游泳。

沃斯米娅……

那是我的初恋,但在我们那个古旧的年代却未能存活多久。那古城的地图到哪里寻觅?无数只手以文明的名义将其摧毁。高大的建筑扼杀了我们的童年,荡平了少儿的欢乐,夷平了时而用煤黑、时而用颜料涂抹在墙上的童年的故事,那些故事是用心血画出的,只有绘画的人和为之而画的人才知道它们在哪里。

他们把一切都弄没了……那几个大大的院落,清晨的曙光天天将其拥抱,唤醒那些房顶上和檐下惺忪的睡眼。圈中的牛羊睁开了眼睛,哞哞、咩咩声骤起,抗议着夜中的饥饿,显示着乳房中乳汁的沉满。那个年月在哪儿?那些财富在哪儿?他们将其剥夺了,剥夺了那些岁月,剥夺了我们享受那些白昼,那些轻轻而匆匆移动的白昼,辛勤的永无完结的劳动的白昼,它总是以母亲们在厨房、在牲口圈和大饼灶旁的操劳开始。老奶奶们身靠坐垫,赞美着安拉,或逗哄着吃奶的婴儿们。忽然间,或许她们中有人会尖叫起来,原来是婴儿尿湿了她们的衣衫或吐脏了她们的头巾。

那是一种生活,从我们赤脚奔向那长长的街道就感觉到的生活。我们比赛着,到达那街的尽头,望着那盘坐在潮湿的土地上的卖巴吉拉甜食的乌姆·阿里,于是揉着眼睛,除去眼眵,盯着看她给我们盛了多少勺,然后把硬币丢进她那金属的小罐中,罐中立刻荡起几声欢乐的颤音。

我们拿着盛着热热的巴吉拉甜食的小碗,香气直扑到鼻子,一群一帮地慢慢地走回家。如果我们中有人拿着热热的烧饼,那不断冒出的气总会吸引一些人,于是,我们就会从顶着烧饼人的头上抢一个,分着把它吞掉,然后,是第二个、第三个,根本不去管随之而来的责骂和用红辣椒蜇我们的嘴或狠拧我们的腿。

宁静透明的生活,充满情感和爱,富于怜恤和交往。可是,他们却将其粉碎了,他们让房子分离,把面容破坏,我们的城市变得陌生了,我们的家被遗弃了。

家在哪儿?它现在怎么样了?

沃斯米娅的家在哪儿?一切荡然无存,只剩下那棵树。那些机械把围墙、墙壁和柱子摧毁了,只留下了那棵树,仿佛它执意要给我留下点儿什么,留下我心中深恋的东西。

每当我去市场,总特意从那里经过,在那仅存的树下乘凉,深深的思念总让我藏匿于它的树荫下。于是,过去的芬芳飘逸,那是童年的岁月,孩提时代,还有沃斯米娅的面庞。

* * *

那是个大宅子,方方的院子中间有口水塘,水桶总在塘边垂着。那水桶不知滑落了多少次,总是我和沃斯米娅争先奔跑着将其捞起。我俩中的胜利者又总是去激恼另一个。

水桶上滴落的水滴在水塘旁形成了一个个圈圈,我们在那里种了些大麦,并打赌看谁种的大麦长得高。结果,我种的大麦长得很快,沃斯米娅生气了。不过,每次她都又让自己安下心来,并对我说:"你是男孩,所以你的大麦长得快,你也长得比我高哇!"

我却装傻道:"我真的比你高?"

她要跟我比比。

她靠近我,把肩膀贴在我身上,我心里暗暗高兴。

"看,看呀!你高!"

每次我都设法让她跟我比个儿,让她的肩头紧贴在我的肩上,那一刻,我只觉得高兴。

大院子旁边有几个小院子,厨房院中有两个厨房,大厨房为宴席而用,沃斯米娅的母亲天天进入的是小厨房,总有肉饭和扁豆的气味冲进我的鼻孔。眼看午饭将近,我便准备回家,这时,沃斯米娅的母亲边给我盛着吃的,边说:"拿着,阿卜杜拉,今天就吃我们做的午饭吧。"

我高高兴兴地把大碗抱在怀里,甚至不觉得它是烫人的,急忙跑回家去吃沃斯米娅也在吃的午餐。每次从家里出来,我都不会忘记给她妈妈装上满满一碗土,放在厨房院一角的污水坑边,并把石块挑净,免得她擦锅时划破手。她总是谢我,每回都夸我聪明、心好。从厨房院可以走进牲口院，那可是我们寻乐的好地方，院东边是一个很大的圈，养着各种禽类，都是沃斯米娅的父亲从印度、伊朗带回来的。鹅、鸭，有灰色的、白色的，还有灰、黑白相间的，还有许多鸡，公鸡时而争斗，时而相安，争相鸣叫着，用声音诱惑着那些母鸡。那些色彩斑斓的八哥，当我们用山羊胡子捅它们时，总是咬我们的指尖。还有火鸡，不知为什么，我和沃斯米娅都很讨厌它。那只骄傲的孔雀，我和沃斯米娅每每在圈旁的阴凉下休息，它总要展示美丽的羽毛，仿佛要把我们为沃斯米娅母亲拾完鸡蛋后单独休息的时光偷走一些。她的母亲每次都要奖励我鸡蛋，说："拿着吧，阿卜杜拉，让你妈妈给你煮熟或者煎了。"

那股高兴劲儿简直要令我飞起。鸡蛋！我奔跑回家，不知跌了多少跤，不知摔破多少个蛋！于是，流着泪回到家里。

一次，沃斯米娅随我而出，看见我趴在那摔碎的鸡蛋上舔吸着带着灰土、掺和着我咸咸的泪水的蛋黄，她拉起我的头，友善地给了我永生不忘的责备："阿卜杜拉，为什么吃这脏鸡蛋？"

我太难为情了。她托起我的头和粘满污物的下巴，扯着她头巾的一角，擦拭着我的脸，然后再次把我领到她家，勇敢地把发生的一切告诉了她妈妈。

她妈妈走了过来，抚摸着我的头，温柔地责怪着我，然后，把一个盛满鸡蛋、黄油和糖果的包塞进我的手中。

啊，沃斯米娅！

啊，她那位善良、尊贵、慷慨的母亲！

她的父亲经常漂洋过海，出门远行。每每归来，总要先问问我母亲的情况。当我和母亲一块去看沃斯米娅的项圈、手镯时，沃斯米娅总是问我："好看吗？"

"你好看。"我小声咕哝着。

她冲我嚷了起来:"不是我,是项链!"

我点了点头。我喜欢她这喊声。于是,我摆弄着她的项链和手镯,对她肯定道:"好看。"

她却逗着我说:"你要是个女孩儿,我给你戴上同样的东西。"

"我是男人,我不愿意变成女孩儿!"我也喊了起来。

"那你不喜欢女孩儿?"

她的问题压迫着我的心,但我还是回答道:"喜欢,我喜欢女孩儿。"

她又火了:"所有的女孩儿?"

我偷偷地望了望她那双明亮的眼睛。是对她说?还是气气她?

那时,我们两个还是孩子,可沃斯米娅喜欢我,并且知道我也喜欢她,但她仍然执意发问:"你喜欢我吗?"

……

"你喜欢我吗?"回答之前,我故意迟疑了一下,然后说:"有点儿。"

她打着我的手,道:"撒谎,你是喜欢得要死!"

我喜欢得要死!

我正在死去,她那戴着金戒指的微黑的嫩手正摇动着我的手,在我的手指之间玩弄,搓弄着指尖;她那温馨的声音正从体内流出,带着一种特质,似乎拥有颜色,带有气味,还有一双羽翼,飞翔着,然后稳落在我的心窝。

牲口院的两侧有许多雕花的印度门,那是沃斯米娅的父亲带回来卖给商人们的。还有箱柜、雕塑、图画,都用木棚盖着,免淋雨水。木栅的顶上涂了一层黑色的沥青,夏季时总被晒得软软的,我们便去啃它,结果弄得满嘴黑牙。

我们经常赛跑,与孩子们玩捉迷藏。我不喜欢她的哥哥法赫德,但有时我们一块儿玩。一次,我和沃斯米娅一起藏在一扇门后,不让别人看见我们紧紧相挨。这时，法赫德的头伸了进来，见我们俩互相依靠，大吃一惊，随即扯着沃斯米娅的辫子，将她拽在地上，使劲揍她。她大喊大叫，把她的母亲招来。法赫德声嘶力竭地为自己辩护着："她和阿卜杜拉玩新娘和新郎！"

她母亲不信，敲着他的头说："胡说！沃斯米娅和阿卜杜拉是两个懂事的孩子，不会玩那个的。"

那永远不会逝去的画面！我举目向天，忘记了浑身是土的沃斯米娅和她那潸然淌下的热泪。我走进飘飘荡荡的梦，只觉一种轻柔之物将我拖起，直至天空。我的心在飞翔，难道我真的成了新郎，沃斯米娅就是我的新娘？

* * *

我和沃斯米娅有天壤之别。

她是名门之女，我是帮佣小贩玛尔尤姆的儿子。

她是大商人的女儿，她父亲的足迹踏遍天下，带回来大量的财富；我只是个无人记起的人的儿子，并很早成了孤儿。

她家的大宅中有几个院落，我却是一个只租有一间屋子的帮佣小贩的儿子，母子俩挤在一张简陋的床上。

她的母亲出身名门望族，我的母亲却是一个拿着包袱走街串巷的帮佣小贩，我则拿着另一个包袱，与她相伴，或是端着她自己制作的甜薄饼卖。我几乎走遍了所有的宅院，看见了诸位母亲和女孩儿，可是，我只喜欢沃斯米娅的家，她的母亲和她。那时，我常和母亲一起在沃斯米娅的家里度过白天，看她帮助沃斯米娅的母亲洗衣服，拧衣服，满脸的汗珠滴落与水和肥皂混在一起。我和沃斯米娅围着母亲，用鸡牌肥皂泡出泡沫，然后再吹我那满是肥皂泡的手。于是，泡沫飞溅，我就故意把它们吹向沃斯米娅的脸，结果，肥皂泡飞进了她的双眼。她使劲揉着，一双美丽的眼睛涌满泪水。尽管沃斯米娅并未诉苦，母亲却对我呵斥道："你这狗小子，你把姑娘的眼睛弄疼了！安拉会使你成为瞎子的！"

可沃斯米娅却护着我，说："不，和他没关系。"

母亲拧着手里洗的东西，答道："怎么能不怪他呢？他竟这样对待自己的一个姑姑。"

我的一个姑姑？

为什么？

我母亲经常这样说，可我并不明白，她怎么是我的姑姑呢？

母亲也管沃斯米娅的母亲叫"姑姑"，每当我去给她送东西或我从她那里拿些什么来，母亲总命令我叫沃斯米娅为"姑姑"。

这时，沃斯米娅保护我的声音真让我心动："我不是他的姑姑，阿卜杜拉是我的兄弟。"

我高兴起来，我战胜了妈妈。

我总要逗沃斯米娅，我们一起赛跑，从那枝条垂下的枣椰树上摘果子。那一刻，我忘记了沃斯米娅是我的一个姑姑，忘记了她是她父母的女儿，我是帮佣小贩的儿子。我忘记了一切，只知道我们是两个孩子，两颗心。尽管千差万别，这两颗心却天真无邪地、友爱地在美丽的天空中飞翔。

回到家中，想起了妈妈对我的阻拦，只觉心中难过，把头埋在两膝之间，不想吃饭。妈妈走了过来，问道："怎么啦，阿卜杜拉？"

泪水夺眶而出："你当着沃斯米娅的面吓唬我。"

妈妈抚摸着我的头，说："别生气，沃斯米娅不喜欢我吓唬你，她护着你呢!"

"你还在她面前说,她是我的一个姑姑,我不爱听这话。"

母亲把我拉到她的怀里,安慰着我:"阿卜杜拉,这是生活的定规,是安拉创造了叔伯和仆人、富人和穷人、统治者和被统治者。并且是不一样的,她就是你的一个姑姑。"

"那你是他们的仆人吗?"

"不是,我在她那儿和别人家干活儿,是去帮忙。"

一听这话,我执拗地说:"你不要给任何人干活儿了,你太受累了。"

"我受累,有饭吃,我拿取我的权利和我辛劳的所得。否则,我们怎样生活呢?"

"沃斯米娅的妈妈给我们一切。"

"不,阿卜杜拉,我们不能靠别人生活。我们应该流汗、辛苦,这不是什么缺点。所有的人都工作。"

"那您只在沃斯米娅妈妈那里干活儿,这还不够吗?"

妈妈笑了,看着我说:"阿卜杜拉,我希望看着你永远幸福,穿着干净的长衫,吃着丰盛喷香的肉。但是,这只能靠干活儿,靠在很多人家干活儿才能实现。"

我喜欢母亲的这些话,并经常求她:"让我也干活儿,帮帮你吧。"

"你也没闲着哇,为我拿东西。可你还太小啊!"

于是,我向母亲承诺:"等我长大了,就去干活儿,让你休息,给你准备所有的东西。我要变成富人,给你买礼物。"

母亲又笑了;掐着我的面颊,逗弄着我:"那沃斯米娅呢?你给她什么呀?"

顿时,我的面孔被火辣辣地蜇了一下,只觉害羞,便微笑着低下了头。可母亲还在问:"你喜欢她了,啊,阿卜杜拉?"

我点头承认,羞涩仍在烧燎着我。

母亲叹了口气,道:"阿卜杜拉,沃斯米娅是好孩子,她妈妈是好人家的女儿,善良、心好、十全十美。"

沉默片刻之后,她又张开口,仿佛在提醒我道:"你可得注意,绝不能惹沃斯米娅和她妈妈生气。"

面对这莫须有的罪名,我答道:"我没惹她生气。她喜欢我,怜爱我。"

"妈妈知道,孩子。"母亲搂住我的头说,"尽管这些人很好,但是仍然不愿意穷人的孩子们欺负他们的孩子。"

穷人!

那么,我是穷人的儿子了!

"妈妈,为什么我是穷人呢?"

我的问题使母亲感到突然,但她却控制住自己,答道:"孩子,你的主知道。"

于是,我又提出了一个令她感到突然的问题:

"穷人的孩子都令人厌恶吗?"

"不,"母亲答道,"穷人的孩子都很好、懂事,没有人讨厌他们。"

"那么,富人家的女孩儿不喜欢穷人家的男孩儿?"

母亲清楚我心中所想,便安抚我说:"爱情是不分富与穷的,所有的人都恋爱,男孩儿女孩儿都恋爱,可是……"

"可是什么?"我急切地问。

母亲支支吾吾了:"我是说……"

于是,我换个方式,用一个我十分想知道的方式再次问母亲:"就是说,富人家的女孩儿不和穷人家的男孩儿结婚?"

母亲叹息了,摸着发缝,扭着细细的发辫,道:"是的,富人与富人结婚，穷人与穷人成家，世界就是这样。"

我是个穷人。

我爱你，沃斯米娅！

主知道我在梦想，我喜欢天天见你，没有人能把你夺走。我有许多梦，我长大了，我有钱了，我要你。我要把这世界搅翻，我成为所有穷人的父亲，而不只是个被称为大叔的主子。我拒绝做主子，我只要做你的丈夫。

一天，我对母亲宣布："当我成为有钱人时，他们会同意我做沃斯米娅的丈夫吗？"

母亲长长地吸了一口气，然后说："决不愿意。"

"可你说他们要找有钱的人。"

母亲竟毫无怜悯地答道："他们还要血统、名望！你是谁？不管你怎么变、如何做，你也只是卖货女贩玛尔尤姆的儿子！"

我开始生母亲的气了！

她干吗要走家串户？为什么要当个小贩？可是……她又何过有之？她生就如此，她就是这般地生活着。

母亲是个善良的人，慈祥、奋斗。如果沃斯米娅真的喜欢我，就让她忘记我是女贩玛尔尤姆的儿子吧！

当我尚是个淘气的孩童时，这些想法就已令我辗转失眠。我与沃斯米娅的差别太大了，无论我怎么做，她都不会属于我。她哥哥说我们玩新娘新郎游戏的指控也绝不会成为现实，除非产生奇迹，我们绝不会成为一对新郎新娘。可是，我们恰恰是生活在产生奇迹的时代。

从那天起，我便不去思考未来，那屈从于一种讨厌的、持续增长的现实的茫然的未来。尽管生活简单温和，尽管有爱与和谐，这现实的桎梏却在加大，我们看着它，听着它。差异不曾欺凌任何人，但它却存活着，生长着，在一切情况下肯定着它的存在。

从那天开始，我只想生活在家里，期待着见沃斯米娅的时刻，我们纯洁地嬉戏、交谈，交换着那些小东西，我走向大海，她就在自家的门旁等待。一天，游泳之后，我回来了，带着我的泥沙、我的气味和给她的海螺、椰枣和小鱼回来了。她先从门旁探出那美丽的面庞，然后偷偷溜出家。啊，与我的身体紧紧相挨的女孩，呼吸着我的气息，轻声问道："你的味儿就是海味儿？"

"你喜欢大海的气味吗？"

"我喜欢你的味儿。"

"为什么不和我一起去大海呢？"

她用叹息打开了我那问号长存的心的笼子：

"我们女孩儿只能和妈妈、奶奶们去大海游泳。"

"可男孩子们都去，在那里玩，并能看见女孩子们。"

她咯咯笑道："和家里人在一起就行，但不能自己去。"

于是，我想起了那些假日，海滩上挤满了人，母亲们、奶奶们、姥姥们、阿姨们、男孩儿们和女孩儿们，还有我的母亲。

母亲们为女儿们洗着头发，搓着衣服，洗涤着家用什物、地毯和被褥。我母亲则帮那些"姑姑"们搓着衣服，洗着头发，我看见她不止一次地为沃斯米娅洗头，并命令我道："远点儿，和男孩子们玩儿去！——这不好。"

我感觉到了沃斯米娅的羞涩，便稍稍走开，在不远处坐下，望着她那探向水中的背，她那柔软的头发，一缕缕地漂浮在水面上，任波浪逗弄，母亲在给她搓背。那时，有什么东西在对我窃窃私语，让我爱恋她，呵护她，甚至怕我的目光把她伤害。

我的目光长大了，随同日月长大了，我那小小的身躯长高了。沃斯米娅也长高了，她的发丝更长了，我们之间的距离也更远了，她不再到海边来!

我们都已长大。

大海只为我一个人所有。

第三章

沃斯米娅长大了，消失在院墙后面。

我，曾经高高兴兴地与她玩耍、给母亲拿着包袱、为她搅肥皂泡、喂八哥，把大碗装满土的我已不能走进那座宅子了。

我这沃斯米娅童年的挚友，却不能走进那座宅子，只能守候在门槛。炽热的太阳把门槛烤得发烫，令我难忍难熬，同时又把那炎热倾倒在我的头顶，传遍全身，使我口干舌燥，但是，我却不能举手敲门。

那一次我真幸运，沃斯米娅的母亲出来了，见我热得满脸通红，十分同情。她让我走进家门，坐在廊下，给我拿来了水、椰枣和石榴。我坐在那里，一粒一粒地吃着。

另一次，偶然露出了沃斯米娅的面庞，她的脸上立刻绽出了巨大的幸福，叫道："阿卜杜拉！"

"沃斯米娅！"

"你干吗呢？"

我指指院里，说："等我妈。"

她叹叹气，说："你怕法赫德？"

"想什么呢？"我点了点头，她似乎进入了遐想。

"想大海。"她仿佛在梦中回答。

"为什么不去大海呢？"

"你知道，不许去，我爸出门了，而法赫德……"

"那你……你还喜欢闻海的味儿吗？"

她低下眼睛，因为我仿佛在问："你还喜欢我身上的味儿吗？"

"我喜欢在贝壳上、在海螺上闻那种味儿，我把它们涂上颜色，收起来了。"她说。

"能让我看看吗？"

"不。"

我向她靠近，我们那远隔的气息正在拥抱。我更靠近她了，但她却带着十分的恐惧推着我的前胸，说："趁没人看见，你走吧！"

"你是说法赫德？"

她的声音有些颤抖："他要看见你，肯定揍你。"

我却提醒她说："我妈在里边呢。"

她则忧伤地说："即便如此……你是知道的。"言罢，她走了进去。

她轻轻地把门关上，仿佛怕碰到我的脸。我便独自一人等母亲出来，等啊等，直至心烦。于是，我带着海的气息，带着这短暂的相会的芬芳，带着那从我脚上落下的沙粒，离开了她的家，细沙绘出了我家和她家的距离。

噢，那是多么遥远的距离啊！多么遥远！

那所有的遥遥之距都在折磨着我，使我的童年忧伤……

＊　　＊　　＊

　　我和沃斯米娅的童年，两种截然不同的童年，一切不同，一切都在肯定着我的幻想中不应有梦。当我们共同走过童年长大时，他们禁止我与她相见，可母亲仍能看到她。他们把我们年龄算大两倍，好让我们彼此分离。

　　这就是传统，这就是规矩。

　　法赫德！总在监督着我，站在家里，走在街上，仿佛永远要提醒我他的存在。

　　我们的一切都迥然有异，只有一种东西没有差别，不承认差别，它深埋在心中：沃斯米娅爱我，她倾听着我那些小小的故事，饱吸着我呼吸中携带的大海的气味，我的皮肤、我的每一根头发都是大海的气息。

　　爱情之声在成长，扩展到精神的条条路径，在那里安身。岁月不会将其扼杀，穷困不会将其吞噬，灵魂不会将其送回。

　　啊，沃斯米娅！

　　日月消逝。

　　可是，我心中对你的爱依然安在，它度过一分钟的假期后，便清醒数个钟点，它醒过一个夜晚，便数夜无眠。噢，那些无眠之夜，我痛苦，备受煎熬，我发誓不再让我的双脚踏浪逐海，不再让我的目光拥抱波浪。但是思念却把我带向你，带到那里，带到我们初次相见的大海。

第四章

他走到渔艇边,走了上去。

他觉得这就是他的家,是他独自栖身的窝。在这里,他拥抱着她的倩影,重返与她在一起的回忆,呼吸着源自她的芳香的每一丝咸咸的气息。

他在回忆,回忆。

他放开了锁闭已久的喉咙,歌声爆发而出,被夜拥抱,让它如爱恋的云朵回绕;他不愿歌声把心跳再送回心间,他希望歌的香馨散溢。他要唤醒鱼儿和夜的精灵,唤醒沃斯米娅沉睡已久的眼睛。

* * *

水,波光粼粼。

海,一片宁静。

一阵阵潮湿来自大海的深处,散落在周围,他独自蜷缩在艇上,弄着熄灭的香烟,盯着那波浪摇动的红色鱼漂。每当鱼漂颤动,被泡沫淹没或浪花涌起或沉下，他便心生快乐，梦幻沉入他的心底。他的思绪又迅速走向他的妻子：她现在远离我的臭味儿，安然入睡了，可我却孤身在此。这个疯子！

她竟认为我和伙伴们吃喝玩乐，与大海的精灵们共枕。她不知道我独自来此，是为了那我在想象中画出的约会，但愿这约会成真。

也许她会来！

有谁能知道。

也许她在想念我，她的心中只有我一人。她的心未被海兽吞食，未被那长着饥饿的爪子的草缠绕，未被那空腹的小小的海贝破碎。

噢，我那被丢失的约会！噢，我夜夜独自等待的梦！为了这等待，我身染臭气，忍受着那母牛的喊叫与命令："去洗洗，把你的皮刮一刮！"

她的咒骂："让安拉诅咒大海和海的日子！"

还有她的疑问："你为什么喜欢海？"

"海是财富？"

以及她的声嘶力竭："海的财富没有了！"

"财富是不会消失的。"

和她没完没了的怒火："我们生活在石油时代！"

"财富源于过去。"

"但生活发展了。"

他们杀戮了童年，毁灭了他的家……

记忆如泉涌来，这女人却在比较着过去与现在。

沃斯米娅喜欢大海，享受着海的恩惠。我把海的气味带给她。可我妻子却讨厌海，从来没体验过大海的好处，也不喜欢我的气味。

沃斯米娅与她的时代紧紧相连，愉快、幸福。这个妻子呢，尽管她的时代给了她大量的馈赠，她却讨厌一切，甚至我身上的气味和我带给她的好处。她只想要正式的职务与工作。

这是个反叛不安的女人，我却是个畅游于我的梦幻中的男子，像她这样的女人难于理解我，我更不可能要求她喜欢我热爱的时代、我钟情的大海。她认为那个时代呆傻、枯燥，没有她的时代赋予她的享受，可我却觉得那是不失亲和与幸福的美好时代。

我难于和她争斗、讨论，并把她拉到我热爱的年月。那些年月如同我长年加岁，一年又一年。

只有她，只有沃斯米娅了解、相信这一切，并热爱那些岁月。

* * *

一个浪头打来，震动着小艇，摇动着他。他双手枕在脑后，眼望天空，每见星星眨眼，头脑中便亮出记忆的火花。

于是，他闭上了双眼。

心中歌声回荡。

他与自己的心灵交谈，期望小艇带他驶向过去的年代。记忆撕扯着他的胸膛，令他扪心自问："是我的错，还是她哥哥？要不，是因为恐惧？那严密的封锁，人们紧盯着的眼睛，妇女们从泥墙洞里送出的目光，她家人的目光……法赫德！有一天，她这可恶的哥哥竟弄伤了我的脚，并吼叫着：你不许再来这儿了！你已经是个男人了！"

我却在抗争，我是玛尔尤姆的儿子，必须拿着装甜饼的碗和衣服包啊。于是，我对他说："法赫德，是我妈让我给你们送东西来的。"

可他根本不理，朝我脸上吐了一口，喊道："我们不想要什么，或者对你妈说，让她自己送来。"

"我妈太忙，可这些东西又必须送来。"

"我不愿意你来,我妹妹长大了,你也长大了,孩子的时代结束了。你想让人们对我们说三道四啊?"

就这样……

我突然发现我长大了,她也长大了;我们之间的差别也加大了。

我应该远离,不能再踏入她家的门。我不再是那个拿着妈妈的包袱、跟在妈妈身后、心比脚步快的男孩儿了。我得小心警觉地走过他们家那条街,甚至仅仅是想到那条街,也得格外谨慎,否则,她哥哥会在弄伤我的脚后再敲碎我的头。

长大了的沃斯米娅出门时需有母亲陪伴,苗条的身体被黑色丝绸的斗篷遮盖。我妈妈的斗篷怎么能赶上她的斗篷呢?!她那一双美丽的眼睛总是隐藏在面纱的眼罩下。

只有远远地看见沃斯米娅时,我的心才会快活。那都是一些偶然的机会,在市场,在家的门前,她总和她妈妈在一起。偶尔,她母亲会突然造访我家,拿取需要的物品,或预订些什么。这时,沃斯米娅总是站在我们所租的房子的院中。那里,有很多妇女、姑娘,拖着鼻涕、裤子散出异味的孩子们喊着、跳着,常常堵满我渴望能看到沃斯米娅面孔的路,要知道,我的双眼只想见到她。

我坐在俯瞰庭院的高处,全神贯注地盯着她,只觉得她身上的香水味正向我飞来,于是精神倍增。她看见我,便特意抬起手,正正斗篷,仿佛在向我问候,仿佛要向我描述她心中的爱火,仿佛要告诉我,别忘了她,她仍然眷恋着她的童年,带着她的记忆,怀揣着我对她的爱。

啊,沃斯米娅。

啊,长存永久的爱。

你浩瀚、博大,犹如这大海一样。

* * *

他头感眩晕，只觉天旋海转，海浪齐唱，涛声渐高。然后，是浪的散落，海的沉寂；再一次散落，又一次沉寂，浪如奔跑气喘地涌来，笑着，然后是后悔，随之撤退向后，变成过去，只留下泡沫闪耀着。天空愈加黑暗，那唯一的一颗星星的脸儿也已不见了，渔网深撒在水中，一个梦在他那眩晕的头脑里出现。

会实现吗？

鱼儿会入网吗？

还是拒绝回到那世界？那给他的双脚戴镣，给他的心披枷，禁止他潜入自己喜欢的蓝色的海，去爱恋那些贝壳、海螺和海的味道的世界。禁止惊吓了思维的鸽子，于是令其匆匆飞逝。这里的沃斯米娅变成了人们遗憾地指指画画的疯狂的梦。

待他把大海的一切尽收眼中，俨然怀揣珍宝之物后，便躺在小艇的怀抱中，脸显悲伤的阴影，面刻悲伤的线纹，于是潜然泪下，两颊湿湿。

心安舒了。

他展开腰身。

胸中的嘶叫平息了，他仿佛怕搅扰大海，使其愤怒，不给机会让他的梦莅临，让沃斯米娅的面庞出现，让沃斯米娅出现。他总认为这远去的人儿会给他另一个约会，向他款款走来。

他想着她，每夜每晚。

噢，记忆真令他痛苦，那疑问犹如锋利的锯，把锯齿插入他的心中，锯着他的骨头。

难道是我的错？是我让她来的，是我把她送给大海做礼物了。

我为什么要否认？

为什么要忘掉那一天？

第五章

妈妈疲惫不堪地回到家中,我一嗅到她身上浓重的汗味儿,便跑了过去,搂住了她的脸,一股滚烫使我惊恐万分!

"妈,你病了!"

她把头伏在我的肩上,哭了。

妈妈哭了。

病痛在撕扯着她。我抽出一个枕头,放在她的头下,让她那发烧的身体在席子上躺下,然后急忙端了杯水为她擦头和脸,湿润她那焦干的双唇。

"妈,我带你看医生吧?"

她摆着手,说:"不必了,过一会儿就好了。"

她闭上了眼睛,可又突然想起了什么:"阿卜杜拉,我这儿有很重要的东西给沃斯米娅的妈妈,可你看我这样……"

她的声音断断续续,充满忧伤,但她还在继续着:"我累了,但愿你能把东西送给他们。"

我的心顿时高兴得飞了起来,差点儿忘记了母亲在发烧。我的梦亦离她远行，只觉一种火一样的东西在炙烤着我，几乎把我从妈妈身边拽走。可是，她那发烧的脸击碎了我的欢乐。我对母亲说："妈，我不去，我不能丢下你，你正生病呢！"

"孩子，沃斯米娅的妈妈需要这些东西。"

我摇动着胳膊，忘记了沃斯米娅和她的母亲，也忘记了我的欢乐："那我也不去。为了那些东西，为了别人，你太不顾自己了。"

"可那是人家的东西啊。"

"他们应该了解你的境况。你没病的时候，从没有耽误过。"

"我的宝贝，沃斯米娅的妈妈对我好，妈求你了。"

"可是……"

"什么也别说了，我知道你喜欢沃斯米娅的妈妈，愿意给她干活儿。"

我低下了头，说："是的，妈妈。可是……"

"我挺好的，孩子。"

我走近妈妈身边，用手摸摸她湿湿的额头，问道："出门前我干点儿什么？"

妈妈微笑着说："真是好孩子，弄点儿消毒的百里香水吧。"

我急忙去煮百里香，那股芳香在房中扩散着，我的心轻声祈祝母亲康复。

当我把煮好的百里香放到母亲身边时，突然想起了什么，便对母亲说："妈，我怕法赫德看见我……"

母亲打断了我的话："别怕，他不在家，陪他爸爸出门了。"

"遵命，妈！我这就去。"

* * *

尽管妈妈生病,那一天却是灿烂微笑的一天;尽管高烧在煎熬着妈妈的身体,那天的欢乐却使我的心灵倍感凉爽。

我急忙打开衣箱,取出节日的长衫,匆匆穿上,再从母亲的包袱里翻找出香水,喷洒在身上,戴好帽子,走到母亲身边,问道:"东西在哪儿呢?"

她指着一个绣花包袱说:

"那是沃斯米娅妈妈的包袱。"我看见了,看见了它,它正高兴地叫着:来啊,把我抱起来! 我托着你的灵魂和你的欢乐。

我把包袱拿起来,沉甸甸的,就笑出了声。妈妈用疲弱的声音问道:"你笑什么?"

"女人的东西可真多。"

母亲也笑了:"女人的东西就是多,她们总要漂亮。"

临出门前,我又回到母亲身边,问道:"妈,女人为什么要打扮呢?"

她感到十分突然,便说:"因为,因为男人喜欢女人漂亮。"

然后,抚摩着我的手,说:"你不喜欢看见女人漂亮?"

我点点头,说:"妈,您什么化妆品都不用,可沃斯米娅的妈妈就用。"

妈妈低下眉眼说:"自从你爸爸去世后,我再也不打扮了。"

"你爱他吗,妈妈?"

"孩子,对于女人来说,她所拥有的只是丈夫,她为他服务,为他牺牲,也爱他。"

"那他爱你吗?疼你吗?"

"你的爸爸阿扎特拉是个护卫,安拉仁慈,让他的灵魂进乐园。"

母亲叹息着,然后催促道:"去吧,阿卜杜拉,我耽误了沃斯米娅的妈妈,真不知道你为什么让我记起了这一切。"

"你生气了,妈?"

"没有,"母亲答道,"可是对你爸爸的回忆让我心痛,他年纪轻轻就去世了,让你成了孤儿。"

我扔下手里的包袱,扑到妈妈怀里,把头深埋在她的胸间,嗅到了她病的气味、她的汗水、她的疲惫和慈爱。我热泪纵横,抽噎着说道:"妈,我不是孤儿,您是我妈、我爸、我的亲人,您是我生命的全部。我没有一天感觉到自己是个没爹的孩子。你为我做了一切,我爱你,非常爱你,我希望您永远对我满意。"

妈妈抚摩着我的肩头,说道:"我满意,安拉也满意。孩子,别哭,你的眼泪让我心痛。去吧,戴好帽子,洗洗脸,去沃斯米娅家吧。"

她说的是沃斯米娅家,而没说沃斯米娅的妈妈。

她莫非在提醒我,我正渴盼着见到沃斯米娅?

妈妈,你的慈爱多么伟大!

你了解我的心,你为我的欢乐而高兴,即使那欢乐只是短暂的一瞬间。

我鼓动幸福的翅膀,拿着包袱,带着我的心,飞向了他们家那条街、已经禁止我走进的街。

今天,我的脚可自由地踏着街上的沙子,玩弄那些石块,数着宅院上的窗子和门槛;我的眼睛可以把欢乐画在那些墙上。

幻想摇动着我,猜测把我抛来掷去,我就要见到她了吗?她会来开门吗?她会高兴吗?她会害羞地躲起来吗?还是用她的手抚摩我小时经常逗弄她的手?

她会嗅到她喜欢的发自我身体的海的气味吗?

她会喜欢我用的香水,还是讨厌?因为它把海的香气给遮盖了!

她会……她会……

我正飞向她的家。

头上的天空犹如沸水,太阳并不因我满心的快乐而羞涩,拼命将火焰喷射。它先射到我妈妈的头上,让可怜的她发起高烧。

我也会发烧吗?高烧会在这幸福的一天来折磨我吗?

我驱赶着这一切思绪,通往她家的路正在靠近。是路在靠近,还是我在靠近?

阳光灿烂,尘土飞扬,十字路口那唯一的一棵树枝叶摇晃。

我急忙奔去,思念的气味涌入胸膛。过去的岁月在散溢。我加快脚步,右手拿着的包袱,颤动着与我一样的欢乐;左手则紧按心房,只怕它令我失望。

快到了!这就是大门,俨如大力士直立在那里的大门,面对酷热的中午,眉头紧锁。而我的面孔,却如涌动的海面,欢乐的鱼儿和思念的贝类在那里游玩。

我终于来到了沃斯米娅的家。

家门、家的气味和对家的记忆。

我环顾四周,可有人看见我?

我像是遭雷击一般站在那里,仔细端详。我摸着那门的木头和钉子,然后,抬起手掌,抓住那垂下的小小的铁门环,叩了一下。

那只是轻轻的一下,仿佛我只想让它传到沃斯米娅的耳中。

她能听到吗?

她会知道,这是我的一次心跳,在这酷热的中午响起,以表达它的欢乐吗？如是她妈妈听到，随即走出，拿走包袱，对我说"谢谢"，同时问候我妈，然后进宅关门？

不！

沃斯米娅的妈妈十分善良，她已很久没看见我了，她肯定会高兴地说："你好，阿卜杜拉！快进来吧。"然后给我拿来冰水、柑橘和鸡蛋。说不定她还会给我机会见沃斯米娅呢！

不。

我不希望她给我这个机会，我不愿意让她听见我敲门，我期盼着沃斯米娅听到敲门声。

我又在那亲爱的门上轻轻地敲了几下，只觉那散落的片刻在聚合成一段悠长的时间。当我又一次轻轻地敲响后，浑身上下焦虑不安地站在那里等待，我几乎只喘过一口气，深感失望。

但是，我的手又伸了出去，敲响了第三下。就在我再次喘气之前，听到了轻轻的脚步声。

门开了，仿佛是乐园之门打开了，芬芳从门里溢出，露出了她的脸。

我能相信吗？

我揉揉眼睛，能相信吗？

正午的汗水聚集着，为我画出了这幅图画？

我是在梦中，还是命运慷慨，向我伸出幸福之手？

是她。

沃斯米娅，那曾与我玩耍的女孩。我和她在家中院中和鸡舍嬉戏，在地上蹦跳，她靠在那些印度门之后，我绞着她那长长的发辫……

她就是沃斯米娅，美丽的少女，未披斗篷，未戴面纱。她站在我的面前，没有什么传统和规矩，也没有那粗鲁的法赫德。

沃斯米娅，我对她的爱始终在长大。每当我用自己的理想和梦幻逗弄着这爱时，它才会稍事休息，然后重又顽皮起来；每每听到沃斯米娅的名字，每当我坐在大海的前面想念她时，这爱便在我心中跳跃。那时，我总是数着海螺，捞着海草，或是走进海中弄湿我的身体，仿佛我欲把海的全部气味收集储藏，以等待那一刻，突然见到沃斯米娅的那一刻，因为她爱海的气味，爱我的气味。我就是那个男孩儿，那与她的童年相依相连的男孩儿，是女贩玛尔尤姆的儿子。眼前的雾障顿消，她那美丽的目光在门旁张望，只听她轻轻地问道："谁？阿卜杜拉？"

我看见她高兴得吸了口气，兴奋在眼中闪亮，两腮绽开着鲜花。她的声音摆脱了分离的愁伤，犹如表达着她的快乐。啊，我的心幸福地鼓荡，眼中射出了明月的光芒。只听她又一次轻轻地问道："是阿卜杜拉吗？"

我的声音飞出胸膛："沃斯米娅！"

欣喜之后，她吃惊地问我："大中午，你来干什么？"

我并没想让她看那包袱，而希望她能想到是我的心来到了她的身旁，是我那在这酷热之天淌汗的思念命令我来，我不想因为包袱而让我的目光离开她的面庞，哪怕是一瞬间。正当不知所措在我唇边颤抖时，她又轻声说道："天太热了。"

她于是把门开大，说："请进。"

她对我说：请进。这是真的吗？

我几乎犹豫了，于是前后左右地张望，街上有人吗？是否有目光令我却步，禁止我享受那句"请进"？

我沉重地迈开右脚，并以更大的沉重跟上左脚，走进门去，她们家的包袱在我身前随我一起颤抖。

我的双膝在发抖，双手在发抖，双唇在发抖。我都觉得连我的双眼都在发抖,迅速地眨巴着。我的嘴巴也是干干的,只听得她小声说:"阿卜杜拉,你……"

我的嘴唇拯救了我:"沃斯米娅,我……"

我用她的名字奏出了幸福的乐曲,她轻轻地欢呼着:"你长大了,阿卜杜拉。"

我以我全部的思念打量着她,把一切吉祥的话语撒落到她的身上:"你也长大了,沃斯米娅,你变漂亮了……"

她害羞地问:"真的?"

"比漂亮还漂亮!"

她微笑着,不知说什么好。然后,她准备走开,说:"我去叫我妈。"紧接着又说道:"我去给你拿冰水。"

我让她走?那我可是疯了。她俨然像只可爱的蝴蝶飞进我的心里,润湿了心的焦渴,也润湿了我发干的喉头。我能任这蝴蝶飞去吗?我能任这久盼实现的梦消散吗?

一种巨大的勇气令我突然伸出双手抓住了她的胳膊,喘着气,使劲地抓着,她娇嗔地叹息着,我却在拉她。她颤抖着,我却在乞求着:"等一会儿,求你了,沃斯米娅!"

"阿卜杜拉!"

"我为你神魂颠倒,沃斯米娅。他们不让我见你,就连疼爱我的妈妈也不愿惹你家人生气。我……"

"阿卜杜拉,你把我胳膊弄疼了。"

她温柔地责备着我,于是,我松开了手,对她说:"我太难过了……我太高兴了……请原谅我。能见到你,我真幸福,你高兴吗?还是已经忘记了阿卜杜拉?"

我见她的面色变了,低语道:"我经常想着你,从没有忘记你。"

于是，我那心头的树叶又开始摇曳：

"沃斯米娅，我在长大，我对你的爱也在长大。"

她低下了羞红的脸，问道："你……你仍然……"

我似乎害怕话语逃走，急忙向她肯定着："是的，我仍然……"我能不吗？沃斯米娅，我爱你，从未忘记和你一起度过的童年。噢，怎么说呢？我期望着见到你，和你坐上一个钟头，和你说话，向你倾诉我心中的一切。

我真不敢相信能听到了她甜美声音的表白："阿卜杜拉，我也想那样。我常向你妈打听你，我热切地听着她告诉我关于你的消息，她没告诉你吗？"

"她告诉我了，沃斯米娅，她知道那会让我的心高兴的。"

"我接到了你的问候……哎呀，我说什么呢？"

"沃斯米娅，你应该说……我说……只是……"

她发出灼烧我心的叹息，仿佛在提醒我："怎么样？哪里？人们？家人……"

"别怕，沃斯米娅。你真的希望咱们能坐在一起谈话吗？咱们可以做到的。"

她深深地吸了一口气："真的？怎么做？"

她的问题令我欣喜，给了我一些勇气，于是我说："咱们去大海。"

"你说什么？"

"我说，我说，咱们在大海边见面……明天。"

她用那涂染着指甲花的手掌拍打着面颊，问："明天？"

她的眼中充满惊恐，带着犹豫。我知道，我过于着急了，便解释道："就是说……明天、后天……哪天都行。"

她满怀怜悯地打量着我的脸，似乎不相信所听到的话；仿佛欲肯定我这脸，我这嘴，是不是原是小男孩儿、今已成痴恋的青年的阿卜杜拉，于是小声说："你疯了？"

我低下头。见我卑微的样子，她用怜悯的语调说："你说什么呢？我怎么出门呀？"

这并非认真的问题给了我战胜自我的机会，我努力继续着如梦幻般开始的方案："在夜里。"

"夜里？"

"是的……"

"可我妈，还有那些人……"

"他们都睡着了。一吃完晚饭，所有的眼睛都入睡了，还有……"

"还有什么？"

"你爸和法赫德都不在家。"

她摇着头，仿佛不相信听到的话，但希望的云朵却飞在她的脸上。顷刻间，她的双眼开始了旅行，越过院墙穿过街巷，来到了大海。她把自己投向大海，把她的梦幻掷入海的手中，于是，思念呈现在她的脸庞上。她微笑着，转而问我："咱们在那里做什么呢？"

"别担心，咱们坐一会儿，说说话，回忆那些年月的日日夜夜，讲述一切的一切，然后你就回家。"

她闪动着睫毛，摇摆着手，说道："不，不……"

"为什么，沃斯米娅？"

"我不能……你说的不行，我可不敢。"说罢，她嗔怒地盯着我的脸，"你疯了！要是有人看见我呢？"

她的假设便意味着她的不同意。于是，我鼓足了劲儿，说："别假设什么，人们都睡了，黑夜就是屏障。"

她低着头想了半天，我便催促道："喂，你来吗？"

我不能忍受她的沉默。她在思考？还是真的认为我是一个十足的疯子？

我一动未动，虽然着急，仍任她固执进行内心的对话。我只希望她同意，见她久不作声，我再次问道："你来吗，沃斯米娅？"

她的眼中露出不知所措和犹豫，仿佛她正在对自己进行考试，询问自己，与自己对话。终于，她抬头看着我，仿佛突然决定向封锁挑战，给自己一次权利，向自己熟悉的经历开战，努力使那颗心振奋。就是这颗心，早已决定离弃童年的游戏场和欢乐的跳跃，以及歌唱的天穹。

她仍显得不知所措，但却说："我尽量来。"

于是，我以更大的奢望追问着："不，你定下什么时候，我好等着你。"

她有点儿焦虑地说："我已经对你说过了，我尽量设法。"

我声音中的欢乐和希望胜利了："求你真的想想办法……如果……"

她打断了我的话："相信我，我将设法。我将与你一样疯狂。等我定下来便告诉你。"

"怎么告诉？"

我仿佛用这问题在她的路上放上了一块沉重的石块，仿佛在提醒她：见面的方法，是另一个难以实现的偶然。

她的眼睛亮了起来，指着外面院门的门槛说："如果我决定去，就在这院门放一块石头。"

我略带挖苦地微笑着问："这是同意去？时间呢？"

她不屑地向我脸上望了眼："机灵鬼！放同意标志的那天就是去的那一天。"

一听这话，我的心咯咯地笑了起来。我兴奋得几乎跌到地上，落在她的脚下，感谢地亲吻她，然后躲进相会的地点安睡，直至那约会的到来。不过我不相信，真怕她只与我开玩笑，让我空欢喜一场。

于是，吞吞吐吐地问她："沃斯米娅，可别让我如谚语所说：当春天来到时，你就下雨吧，毛驴。"

"喂，毛驴……"

我们的笑声和她的羞涩互相推搡着，她说："阿卜杜拉，我是说就这两天……即使我害……"

"别害怕，我和你在一起，夜就是屏障。"我安慰着她。

她忽然想起我俩始终站在那里，我还拿着东西呢。于是迈开脚步说："我去叫我妈。"

可她尚未跑开，便又返回身来，害羞地用她那美丽的手摸着我的前胸，本能地推着，说："你最好站到门外。我不愿意妈妈知道你已经进来了，而且我们又聊了半天。求你了，别生气。"

为了她那散溢的如苹果树般的芳香和纯洁的心的话语，我向院门走去。可我的心却是被迫的，因为我不想与她分离，我的鼻孔也不愿离开她那甜美的气息。

我走出院门，门只留下窄窄的缝。在她把门完全关上之前，她伸出头来，再一次肯定着："等着我给你暗号。"

她燃起了我的希望之火。

"我等。即使一千年，我也等。"

我真的等待着。

我坐在门槛上，两眼直盯着她指的那个地方。就是这里，沃斯米娅将要把梦和希望的暗号放上，就是这短小的距离，将要悬起我的心，集注着我的目光。愿我的心在这里安眠，愿我的双眼离开我的脸，在这里安眠。我能远离这个小小的举着我希望的旗帜的点吗？

我将要等待。

我在等待,我不知等了多久,沃斯米娅的母亲来了,打开门,让我进去,给了我许多慈爱。

第六章

沃斯米娅的母亲始终善良。现在,她比以前稍微老了一点儿,体态丰满,那个经历过高贵生活的身体,不像我母亲的身体那般瘦高。沃斯米娅的母亲高矮适中,头发厚密而卷曲,从中间分开,些许白发藏在中间,透显着岁月的无情。

我母亲的头发柔软而疏薄,白发更多。那就是辛劳,艰难黑夜的星光全部种在了她的发缝之间。

沃斯米娅的母亲圆脸,宽额,鼻子窄窄的,一颗痣就在她的左眉上。她的嘴和沃斯米娅的嘴一样,我所爱的人继承了她母亲的嘴,两片厚厚的唇围着小巧的口。我母亲的嘴大,两唇薄薄,她的双眼也比沃斯米娅母亲的大。我母亲皮肤白皙,沃斯米娅母亲的皮肤却呈麦色,十分迷人。我喜爱从她的脸上和手上散溢的芳香。

一看见我,她就喜上眉梢,尽管正值炎热的正午,脸上却飘起了凉爽的云;尽管她脸上带着明显的困意,仍然热情地欢迎我:"你好,阿卜杜拉。"

她把那扇我刚才走进、在得到沃斯米娅承诺后又走出的门打开。

我把包袱抱在胸前走进门廊，一看见包袱，她大声喊道："你妈妈太认真了，竟在这烤人的中午把你打发来了！"

"她说这些东西很重要。"

"确实，孩子。可这太难为你了。"

"没关系，不为难。我听您的吩咐，听我妈的吩咐。"

她并不知道，这是我的幸福所在。她不知道，即使只为嗅到他们这条街的气味，看看他们家的门，这中午的炎热根本不在话下，走上一段路一切事情都不在话下。她又怎么能知道正是我那发烧的母亲的命令，使我得以见到我那亲爱的人儿的脸，和她说话，然后与她相约？

噢，那该是什么样的约会呀？

我难道疯了吗？

我怎么傻到将这一切信以为真的地步？沃斯米娅听从我的安排，出门与我相会，这可能吗？

是我疯了，还是她疯了？

沃斯米娅的母亲还在那里谢我，我却已心不在焉了。我不想告诉她，我母亲生病了，不想看见她那张感谢我的脸孔显出担忧或痛苦。她从我手中拿走包袱，并对我说："等着，别走。"

待她走进院子，我的目光立刻离开了门廊，说不定沃斯米娅正站在廊下的某个地方。

我转过头来，见她母亲正朝房里走去，便把头转向了另外一个房间。

沃斯米娅就在那里，发绺披搭在她的双肩上，她微笑着点点头，仿佛在对我肯定着："是的，阿卜杜拉，咱们要约会。"

既然如此，我还期望什么呢？我应相信这是事实还是仍以为是梦？她在我前面，刚才还跟我在一起，她在肯定着她的清醒与约会。

见她妈妈走出房间，她急忙离开她的房门，藏了起来。我只能听见她母亲那踏在烫人的土地上的脚步声越来越近。

她走进门廊，把手里的一个小包递给我，说："拿着，阿卜杜拉。"我刚欲启口，她却在我尚未发问前说："给你妈妈的一点儿东西。"

沃斯米娅的母亲总是这样，从不让我空手而归，对我母亲亦是如此，总是感谢我们。此时此刻，我真不相信身处在沃斯米娅的家。由于我心中翻沸着对她女儿的爱，我更加感谢她了，我真希望此时此梦不要终结。但是，门就在面前，她母亲也在面前，这都说明，此时千真万确。我正清醒无比，既非睡眠，亦非入梦。我的头脑十分正常，既非牢牢紧闭，也非空空如也。

那么，这一切都是确凿的事实，"设法"的承诺也实实在在。

我走出那遮挡酷日的门廊，从她的家门来到了炙烤人的大街上，满心欢畅。

眼望街上，感觉它身披玫瑰色霓裳，变得宽畅，仿佛被千滴爱滋润，仿佛那家家户户尽是爱的表白、爱的投影和话语。仿佛整条街从那酷热的笼罩下走进了凉爽的大海去畅游。这海能容纳一千颗心，任一千艘船航行，扬起它们白色的风帆，招呼像我一样的所有的钟情、爱恋、梦想和等待的人儿到那幸福深处和灿烂的未来的心中，做一次透明的旅行，走得远远的、远远的，远离我拿着小包回家的这一刻。现在，我要回家，那里有我生病的妈妈，她远离那爱的船儿，远离那蓝色的海洋。

＊　＊　＊

我轻轻地走进房门，母亲已经沉睡，发出轻微的鼾声。我走到她身旁，充满同情和爱地看着她那睡着了的脸。于是伸出手，想拭去那集聚她烧烫的额头上的汗珠，但却犹豫了。我不想把她弄醒，让她离开她的梦，也不想让她把我从自己编织的梦中唤醒。我只是打量着她。

我轻轻地叹了口气，轻轻的，怕惊醒她的一口气，并在心里与她说着话："妈，你可知道，你儿子有幸福了，宇宙都容不下他的幸福啊。"

我在母亲身边躺下，但却不想闭上眼睛，只怕沃斯米娅的面庞消失，怕她那"设法"的承诺消失，怕承诺消失，与梦幻破碎，变作残肢断臂。

我愿一直清醒着，直至那承诺变成现实，看见那"标志"放在她家的门前。

我望着那破烂的天花板，冬天的雨水不断从那里流入，使我们不得不从屋子的一角挪到另一角，或者挤到与我们一样境况的邻居或熟人家中，直至天花板不再滴水，屋地变干。

我久久地望着，画着我的梦，那即将到来的相见。那约会就在大海，人们让她远离的、我们热爱的大海，他们不让她走到海里，任海水弄湿她的脚，吹干她的发，沐浴她正在绽放的青春，吮吸那与我一起度过的童年的爱，吮吸她热爱的海的味道——那从我的衣服和我粘满海沙的皮肤上散发出的海的味道。

* * *

他躺在渔艇上，海的味道，海草的味道，海腹中残存物的味道进入他的鼻息。浪摇晃着他，梦带着他旅行，然后又把他送回现实，他想起了家中的妻子。

今夜，他不回家了。

她已经拒绝他了，认为他不再是能承受大海和捕捞之苦的青年了。她笨拙地质问他："你为什么喜欢海？"一切记忆都鲜活起来，他真希望带着那些美好的记忆逃得远远的。但是她用她的吼叫遏止了他："什么时候回来？"

他动动嘴皮子，说："不知道。"

他记起了自己那生硬的回答，仿佛在对自己说：她为什么要问？我怎么知道什么时候能饱享大海呢？

尽管如此，她却把他从对海的思想中唤醒："别太晚了。"

他退回两步，问："那和你有什么关系？"

她火了："你刚回来又走！"

"你让我神经痛。"

"你的神经与我无关，我只问你，什么时候回来？"

他不示弱："不知道！可能不回来，别等我。"

一听这话，她粗暴地说："谁说我等你？谁说我想等你？"

她总是这样。她说不等他，却又等他。他讨厌回到家里时看见她醒着，因为那会使他重返现实生活之中，那与她在一起的烦人的生活和她的唠叨不休。那些唠叨使海的话语、海的密谈、那应该永荡在他的耳际的海的音乐——那亲爱的人儿的轻柔心声带给他的音乐，从他的耳边飞离。他离开了自己亲爱的人儿，被迫与这位结婚。每天想到这些，他便后悔不已。

* * *

我为什么要结婚？

那时，我痴恋着大海和对大海的记忆，如此这般地只身一人有多好。但沉重的岁月在过去，母亲一天天老起来，连她那眉毛也变老了，多次的请求使她的语气坚硬起来：

"结婚吧，阿卜杜拉！我希望能看到你的孩子！"

我没有丝毫想结婚的愿望，只任日夜走过。每当我在镜中看到自己，知道自己开始年长了。

城市也在变大，走出了它昔日的旧城围，人们亦随它而出，分散各地。房子变大了，昔日的风格也变了。街道变宽了，变美了。

就连我和我的母亲也不得不离开那储存了我们一切记忆的旧街区。在我成为一名公职人员后公家给了我们房子。母亲抛弃旧业，岁月削弱了她的活力，让她待在家中，不再拿着包袱走街串巷、到别人家帮佣卖货或等待别人需要的帮助。

可她很特别，没有忘记任何一个曾经进入的家。那些家及家人曾经拥抱过她。尽管日月流逝、城市扩展，可母亲对他们忠诚，她常去看望他们，打听他们，无论红白喜事总去帮忙。一俟天晚，就可能在哪一家中过夜。

沃斯米娅的家变得离我们很远，那是我母亲最喜欢的一个院子，它很大，里面住满了法赫德的儿女们。但母亲却从未见到沃斯米娅的面。那张可爱的面孔消失了。从此以后，我讨厌任何女人的面孔，在那里找不到任何鼓励我结婚的东西，她们所有的脸都同出一模，只有沃斯米娅的脸永远镌刻在我的双眼里和我的心中。

母亲强求着。

我开始可怜她了。有时，我仍然拒绝她，便对她说："求您，妈妈，别难为我了。"

说完，我又难过起来，扪心自问：为什么还在等待？你这样不是让妈妈心痛吗？你忘了她为自己受了多少苦，为了你生活、长大，她熬了多少个夜晚吗?

可现在!

当我长大之后,为什么不能慰藉她的晚年呢?给她以奖励,偿还些我对她欠下的债?为什么不让她有孙儿,排解她的孤独,在她身边玩乐,让那枯萎的欢乐重现她的心里呢?

就这样,我决定走进一个新的世界,母亲希望的世界,我不对其具有任何奢望的世界,我不在乎是谁与我共度日夜的世界。我所关切的只是让我年迈的母亲开心。

于是,我对母亲说:"行,您为我挑一个媳妇吧。"

欢乐立刻吹动着她那消瘦的身子:"你喜欢谁?你……"

"我没什么要求,您裁衣、我穿衣就是了。"

确实,我不在乎是谁,不在乎她是什么样子,她的肤色我也不在乎,看到沃斯米娅的肤色,一切色彩都死亡了,除了那动荡的大海的色彩,令我心动的大海的色彩。

我没向母亲提任何条件,也没要求那女子像沃斯米娅,因为我的心只要沃斯米娅一个人。我不愿意看到任何与我一样热爱大海的沃斯米娅有任何相似的东西。是沃斯米娅的一切把我推向大海的恩惠,让我为了她去捕捞,去等待,去收获。

我眷恋那慷慨馈赠先人的深深的大海,我和大海交往,因为它就是馈赠的时代,是生产希望、更新希望的时代。

沃斯米娅把我植入大海的心脏,教我如何热爱大海。然后,我又把她捧在了自己的双手之间。

我怎么能,怎么能想象世上会有一个女子与沃斯米娅相像?

第七章

他的思绪又回到家中,想到他的妻子,那个讨厌大海的妻子。在她的眼中,大海仿佛是他的一个妻子、爱人、情人。她千方百计地将他和他的时代分离,抑制那一年年积聚起的风暴,让他生活在她的时代、乌金喷涌的时代。就是在这个时代,贪婪、仇恨及对那尽头的一切的追逐与乌金一起迸涌,兄弟互相背叛,邻里互不相认,不知彼此的不幸,就连孩子们也都四分五裂、天各一方了。

这不是我的时代,我怎么能热爱它呢?

我只在大海那里才得见我的世界,在其中徜徉。为了海,我抛弃本职,一心捕鱼。海的思念依旧,我把那些活蹦乱跳的鱼儿卖到市场。当我得到这种收获时,只觉幸福,它令我轻松,让我安心,就如我见到沃斯米娅般心满意足,仿佛她每次都在看着我。于是,我走进大海,等待着,撒下渔网,翌日清晨再与同伴们将其拉起。每回我都祈盼着能捞到沃斯米娅。多少次,我想象着她从大海向我走来,脸上漾着甜美的微笑,张开双臂,拥抱着我,用她那接连不断的吻点燃我心头爱的烈火,问候我,催动了自从我在大海与她告别那天起便深藏着的我的情感。要知道，我忠实于她的大海。

可那个蠢货却问我：你为什么喜欢海？

我还能再对她说什么呢？！

一次，我对她说："因为我讨厌它，所以爱它；我讨厌它是因为我爱它。"

"你真是个疯子。"她答道。

疯子！这就是她对我的经常的指责。

我，确实是疯了。

他疯了，因为他顺从了母亲，结了婚，也终结了自己的安适。他疯了，因为他没有娶像他一样热爱大海、把自己融入大海的女人。他疯了，因为他结婚是为了让母亲欢欣，可自己却痛苦煎熬，他没给母亲带来任何幸福，甚至没能让她活着拥抱自己的孙儿。他疯了，因沃斯米娅而疯狂，因大海而疯狂。

他在渔艇中辗转，妻子刁泼的脸又显现了。他已经决定了：今夜我决不回家，我要在今夜、在将来所有的夜晚教训她。

她明知我热爱大海，却企图让我与大海分离；她拿我身上的气味来羞辱我，认为我会因害羞而不去大海，而她也知道，我决不会不去的。

难道一个自孩提时代、青年时代起就一直钟情大海的人会离弃大海吗？当我尚是个少年时，一天母亲曾试图阻拦我，说："阿卜杜拉，你把所有的时间都花到大海上了！"

"可我喜欢大海呀，妈。"

"你曾经许诺过，说长大了要帮我。"

我记起了自己的诺言，便说："确实。可是，我该干什么呢？"

"艾布·优素福愿意让你到他那里学习用沥青补船。"

我却拒绝道："他没说过，是您跟他说的。"

"都一样。"母亲说。

"可我不喜欢修船。"

"艾布·贾希姆让你帮他做铁匠活。"

"我不喜欢打铁和铁锤子的声音。"

"可是……"

"妈,我求您了,任何活儿我都不喜欢。"

"但你必须得干活儿呀!"

"我将和渔夫们一起干活儿,我要当个捕鱼的。"

母亲顺从了我的愿望。就是这个愿望让我日日夜夜走向大海。母亲为我担心,害怕看海的狂暴,忍受着我身上的气味、我衣服上的气息。她从未厌恶过,从未对我堆放在屋角里、散发着气味的出海工具厌恶过。

每当她看见我拿着鱼儿从大海走来,把鱼儿放在她面前时,她都兴高采烈地问:"这都是你打的?"

那时,我正从少年变成青年。每逢这种时候,我都无比自傲,微笑着说:"这不是全部。我只是个助手,正向渔夫们学习。"

母亲翻弄着鱼儿,我便对她说:"随便挑吧,剩下的,我就拿到市场上卖了。"

母亲挑着,我又说:"也给沃斯米娅的妈妈挑一些。"

她挑着,并用我理解其意的目光侧视着我。

然后,我去市场,卖了鱼,拿回我的劳动所得,回到家中,把钱塞到母亲手中。

就这样,在沃斯米娅离开之前,我度过了我的少年时光和部分青年时代。

＊　＊　＊

她走了以后，我开始讨厌大海，与它争吵，并离开它去干一份公职——服务员。我拿着茶杯、咖啡、水杯和纸张。我不会在纸上写字，有时，只会拼拼"精通阿拉伯语的人"和从小同伴们那儿学会的字母。那时候，我经常从学校逃向大海，根本不知道认识字母的意义有多大。随着日月的流逝，我可以像许多与我一样的少年们一样，谋到一份令人瞩目的公职。那时，我可以变得让人们忘记我是走街串巷卖货的玛尔尤姆的儿子，但是无知却只把我带向大海，我对沃斯米娅的爱，使我把所有的时间都献给她。我很快又回到了大海。每天下班，我又匆匆奔向大海，拥抱它，把我的爱送给它，它把它那恩惠送给我。

日月如梭！

几个月、几年，连生命都在逝去。母亲强求着，她老了！终于有一天，她看见我成了这个泼妇的丈夫。

＊　＊　＊

他在渔艇上翻动着，终于坐了起来，看着大海。他向大海倾诉自己的忧虑，还向它诉说他那该诅咒的妻子。因为她讨厌他的海之旅、他的气味、他的捕捞和所得。要不，他向大海诉说海之苦，教训它，举起武器宰了它，撕破它的脸、撕碎一个又一个波浪的脸，让其飞沫溅起鲜红的血。他果真能报复这日日夜夜咆哮的、威慑的大海吗？

"噢，那挤满印象的记忆的脑海，那一夜发生了什么事？如何发生的?"

我难道忘记了吗?

我真的能忘记吗?那件事如利刃刺刻着捆绑着的肉一样,深深地刻记在我的记忆里。

啊,发生的一切是多么的丑恶!

那是她给我的承诺,我捧着它,如那捧着一只昂贵的鸽子的人。他为这鸽子而辛劳,他教它歌唱,只怕它一旦逃离永不回返。

我期望实现的这一承诺多么甜美,我真不相信它会诞生。它如梦幻般在我心头欢唱,让我如醉如痴。我是那样以沃斯米娅自豪。在长久的分别之后,她将带着她那微黑的皮肤,一双明眸和鲜嫩的红唇,奔向那思念已久的海滩,把她的全部爱和欢乐赠送给我。

我!我将对她说些什么?

我闭上眼睛,想象着她的细语正向我传来,如果我睁开眼睛,她肯定会羞涩不已,仿佛她要抚摩我的全身,但不包括我的双眼。

在我们共同长大、他们禁止我们无邪的相见的久违之后,我们的谈话会是怎样的?

当她的苹果树开花结果后,当他们禁止她走向大海后,沃斯米娅认得通向大海的路吗?

我可没有忘记那条路,一步一步,每一块石块。孩子们在墙上刻下的粗话和谩骂,我都记得;我知道任何被粪便、土灰弄污的地方,知道要经过多少门窗;我知道,在那春天的夜晚,有多少次风儿刮起又离去;高声怒号,又趋平息,止于屋顶或藤架;我记得,冬天,下起了多少雨,水沟将它排到街上,变成了小河,聚成了水塘。

那些年的任何事情,我都没有忘却。那些年,他们禁止我从他们那条街走过。我记得所有住在那里的人们的脸。我又怎能不记得偶尔之间看见的石沙后面的沃斯米娅的脸呢？她总是低下眉眼，设法偷偷地看着我。我则远远地站着，微笑着，风儿载着我的微笑，犹如载着醉人的吻，通过旅程，落在她那红红的面颊上。

希望的花朵在我的心中鲜红地绽放。

沃斯米娅给了我承诺，这承诺，会实现吗？

她要定下约会的时间呢！这约会会很远吗？

我等待着，等待着，等待着。

* * *

我的脚步在通往沃斯米娅家的路上烙下深深的印记。我走着，眯起双眼，幻想着。我的脚步知道通往她家的路，那里的鸟儿也熟悉了我的征程，我走着，满心的急切。

每次，焦虑和思念都把我陪伴，还有恐惧，生怕有人看见我一次又一次地走来。到那门前，我仔细寻找，看是否有我那爱恋的人儿放在土中的石块。

每次，当我走在那段路上时，我都对自己肯定，会看到那"标志"，为我的心儿提供欢乐的机会。当那残酷的现实出现在我的面前，失望击中我时，悲痛立刻袭来，撕裂我的血管引我愤怒。我便肯定，可能她这承诺，只是久别后相见的快乐导致的一个错误。

她可能已经忘记了，是她把一块石头投入了我思念的水中，搅动了它的停滞，随之却又熄灭了它的欲望，让那激烈动荡的水重归死寂。

第八章

一天天过去了,一个星期、两个星期过去了……出什么事了?

焦急令我胡思乱想,难道沃斯米娅生病了?

我一定得调查一下,打听打听,以安稳我的心。看来唯一的途径就是妈妈了,她虽然尚未痊愈,却已从病床上爬起,拿起她的货物,整日不停地工作。难道她这段时间都没有去过沃斯米娅的家?

尽管烈火在胸中燃烧,催促着我向她打听,但是我仍未敢直截了当地问妈妈。

一个潮湿的夜晚,我走近妈妈身边,见她正在缝补她那破旧褪色的斗篷。她灵活迅速地穿针引线,然后停下片刻把口水粘在手指上,去润湿布面,继续缝着。

我凑到她身旁,她松开手里的针,提醒我:"远点儿,阿卜杜拉,针会扎着你的。"

噢,妈妈!她怕针扎着我,她可曾知道一片针的田地正在我的皮肤下伸延。

我微笑着把头靠在妈妈的肩头,轻轻地晃着,妈妈笑着说:"阿卜杜拉，这可要耽误我了。"

"没关系。"

"我想赶紧补完斗篷。"

"明天再干吧。"

"今夜必须补完，明天还有活儿呢。"

"噢，每天都有活儿。"

母亲轻轻地喘口气道："这是我们的饭碗啊，孩子。"

"可那活儿太累了，占了你所有的时间，我……"

她放下手里的活儿，有些担心地看着我，说："你怎么了，有什么事不高兴吗？"

我抚弄着她消瘦的肩，说："没有，只是我总见不到您。"

"你需要什么吗？"

"我只是想看到您，想……"

"说吧，别害羞。"

于是，我逗着母亲说："我想跟您撒撒娇。"

母亲笑了起来，把我的头揽入她的怀中，我亦把头紧贴在她那突出的肋骨上，当她讲话时，我觉得是她的心在说话："阿卜杜拉，你变成男子汉了！"

"我还小呢！"我拒绝着。

"男孩儿一到十五岁，就是大人了。"

"没关系。反正我爱您，愿意您娇惯我，愿意经常看到您。您为什么不少走些人家？"

她晃动着肩膀，道："有一些人家我现在已经不能走了。像……"

我便用手指掐算着："张二家，李四家……"

她打断了我的话："还有沃斯米娅家。"

母亲太伟大了，太心慈了，仿佛知道我心中所想，便说："你是不是想问问他们的情况？"

我鼓起了勇气，问道："他们怎么样了？我想念着沃斯米娅。"

"他们都很好。"

我开始笨嘴拙舌地编着谎话："前两天我梦见沃斯米娅病了……"

母亲阻止着我，说："孩子，邪恶够多的了，沃斯米娅很好。"

"那她没病？"

"你不必为她担心。"

我按着自己的手，让自己能安下心来。但同时又生着沃斯米娅的气。她既然没病，为什么不履行自己的诺言？

是什么在她的头脑中作怪？她后悔了？她永远地拒绝了我的方案？我怎么能知道呢？我该如何再次去找她呢？

噢……

只能靠妈妈了。

母亲或许能将这一梦想变成现实，熄灭那吞噬着我的心的火焰。

我紧贴在妈妈身上，枕着她的肩，玩着她那经常逗弄着我的手，并问道："有沃斯米娅的东西吗？"

她转过头来："干什么？"

"我想送去，让你少走些路。"

"有另外许多家的，你去吗？"

莫非她欲玩弄我的热切？

我显出更多的娇嗔："不。我就是想念沃斯米娅的妈妈。"

说完话，我就开始等待，等待着母亲回答，等待着她给我力量，作为我那漫长的焦虑日子的补偿。

母亲环顾屋子，看着那些彩色的包袱，放下了手里的斗篷和针，从我的头下抽出身，去翻弄那些包袱，最后拿起一个颜色和刺绣十分熟悉的包袱，仍旧蹲在地上，对我说："这是他们家的包袱，你明天给送过去吧。"

让我自己离开原地，还是有一种超人之力把我踢到母亲身边？我差点儿把整个身子压在母亲身上，迅速地拿过包袱，唯恐它从母亲手中脱落，或是母亲改变主意。

我把包袱搂在怀里，嗅着它，只觉得那亲切的气味充满胸膛，然后缩进我的床里。那时，我只觉得母亲的眼睛像苍蝇的目光一样，从两边观望着，既看到了我的快乐，又感觉到我的叹息，对我给予了无限的怜悯。

母亲又回到床边的老地方，继续做着针线活儿。我则觉得那些在我皮下长出的针刺的头全部破碎，消失了，一去不复返。

这就是希望，我拥抱着它，头枕着它。今夜我该如何成眠？

哪一个眼睑会思睡？哪一颗心能够沉寂，平息它的跳动？

明天……明天何时来？明天如何来？

我将会见到她吗？

你在哪里，沃斯米娅？

但愿你能拿去一些我遭受的煎熬，可你却在安睡。我的眼睛绝不会安宁，绝不会尝到睡眠的滋味。明天，明天我将与欢乐约会。

* * *

我比那报晓的公鸡、比那太阳、比那风儿都醒得早。

在路上的灰土于潮湿的夜之后吐出芬芳之前我就醒了。

我比我的心和我的妈妈醒得还早。

我一动，母亲醒了，她抓抓头发，翻翻身。片刻之后，仿佛注意到什么，转过身来，问道：

"怎么，阿卜杜拉？"

"没什么，我醒了。"

"天还没亮，太阳还没出来呢！"

"一会儿就该出太阳了。"

"再睡会儿吧，孩子。"

妈妈的话弄得我不太高兴，但我也明白自己醒得太早了，只好又蜷缩在床的一角，双眼紧盯着那射进一缕晨光的窗口。妈妈终于相信天已经亮了，就随我便了。

我开始数屋顶上的檩条，然后又去数墙上的裂缝，数散在屋中的那些东西。时间过得真慢，许久之后，晨光才将屋子照亮，它的到来，仿佛要把我送到幸福的地方。

我从床上蹿起，打开门，向厕所里冲去，任门在身后响着。当我再回到屋里时，只看见母亲用肘支着头，说："啊，你今天可真着急。"

"没着急，只是睡不着，躺得烦死了。"

"不吃点儿什么？"

"不想。"

"喝点儿奶，或是喝杯茶，润润你的嘴。"

"可我什么也不想吃。"

母亲叹息着。她知道我在想什么吗？

她真的知道，今天早上的欢乐胜过任何事情，甚至令人不觉饥饿吗？

我告别母亲，抱着包袱，直接跳出家门，步履匆匆，心跳奏出各种互相交错的乐曲。我并非行走，而像在这长长的街上游泳。

当我们在通往幸福之路时，时光为什么如此漫长？我知道，返回之路将很短，不会有任何东西能阻碍我。这块小石头想妨碍我，好，我把它踢飞；再有其他的东西欲阻拦我，我把它踏碎。我只觉得自己正踏碎石块，任其喊叫，而我的心跳却在窃窃私语，笑着，原谅着自己。

到了街心，我靠着墙停住了：我想给自己充充电，深深地吸了一口气，舒缓我的心；我想给沃斯米娅更大的一个机会，让她醒来，舒缓自己，然后，心情舒畅地微笑着迎接我。我对她的气恼与对她的思念掺混在一起。我将对她说些什么？教训她？责备她？用那些适宜她的柔情的温存去责备她？还是丢弃一切恼火，把我甜美的问候与思想献给她？

身后传来了脚步声，我一回头，看见用焦油修船的艾布·优素福在腋下夹着长袍走着。他看见我，便奇怪地问："干什么呢，阿卜杜拉？"

我犹犹豫豫，声音只在喉中咕哝，断断续续地说："我……我妈……"

他见我手里拿着包袱，便问："谁的包袱？"

"是艾布·法赫德家的，我妈……"

他打断了我的话："噢，是你妈让你送的。可是，阿卜杜拉……"

一听这话，我的声音开始发抖了："大叔，可是什么呢？"

他拍拍我的肩膀，排解着我的紧张，说："我是说，你不能只是这样去帮助妈妈。你已经是个男子汉了，应该谋个职业。"

我辩解着："大叔，我下海打鱼啊！"

"这就是你的问题——总是在海里。"

"可我喜欢大海呀！"

"但你妈需要你的帮助。"

"我知道。她让我跟铁匠艾布·贾希姆学手艺。"

"好啊。你为什么不去呢？"

"我受不了打铁的声音。"

他摇摇头,叹了口气,说:"你妈也跟我说过,让你跟着我干活儿。"

我急忙说:"大叔,我不喜欢修船的。"

他生气地说:"你这也不喜欢,那也不喜欢,总有什么理由,那你喜欢什么呀?你总得学门手艺吧!这样过着,你不害羞吗?"

我轻轻地说:"是的,我将要学一门手艺,就是打鱼。"

他瞪着我,我却继续说道:"在我喜欢的地方工作,对我更好。"

"可是你妈呢?她怎么说?"

"她跟我聊起过跟您干活儿的事。当我向她解释后,她知道我离不开大海,就同意了。"

他抚摩着我的肩头,说:"随你便吧,愿安拉使你一切顺利,保佑你留在妈妈身边吧。"

* * *

安拉能让我看见她吗?

但愿!

尽管我和艾布·优素福的谈话不太愉快,但总算消磨了我一段时间。待他走后,我也舒心了,看他消失在街的尽头,我开始移动脚步,飞了起来,好赶快到达我已经看到的沃斯米娅的家。那里,有一只亲切的手臂在招呼我,催促我呢。我终于来到了那门前,犹豫不决,手抬起又放下,伴着恐惧和焦虑的兴奋在噬咬着我的心。

我将要看见她了?

我敲了门,一下,两下,敲着这乐园之门,它是否相信我怀揣的爱情,慷慨地让我进入呢?门终于打开了,流溢出乐园的气味,好像天使的面孔出现了。

"阿卜杜拉?"

她深深地吸了口气,满脸放光。

"是阿卜杜拉。"

我的声音里带有责备,仿佛想对她说:是的,是你给他承诺的阿卜杜拉……你把他忘了……阿卜杜拉正睡在荆棘上,你却根本不怜悯他。阿卜杜拉是求他母亲才来到这里,来看你……质问你……责备你的。

你的承诺在哪儿呢?

她明白了我眼中的问题,低下眉眼,道:"欢迎,阿卜杜拉。"

我却用伤心的声音对她说:

"你把阿卜杜拉忘了。"

她举起手来:"不。以安拉发誓,没有。只是……"

"只是什么?你改主意了?"

"没有。"

"那就是忘了!"

"我害怕。"

"你知道,这几个星期我是怎么过的吗?你就不想想我?"

她辩解道:"不是。可我总是犹豫不决,一会儿决定了,一会儿又犹豫了。"

"我对你说过别害怕,我只想咱们一块儿坐坐。你千万别再耽搁了。"

她叹息道:"今天,我本来想在门口放石块。——我已经看到了,你的寿命比我的寿命长。"

"这话是什么意思?这样说就行了吗?"

"不,如果你不来,我说不定已经改主意了。"

"现在呢？"

"我将把石块放在那里。"

"什么时候？"

"算了，还放什么石块。你就在这儿呢。"

"你是说今天晚上？"

她微笑着点点头。

"你是开玩笑？还是用这话来搪塞我？"

"指主发誓，今天晚上最合适了。"

"为什么？"

"今天我妈出去看亲戚，回来时，肯定很累。等她睡着后……"

"你就来。"

"愿安拉帮助。"

"你不害怕？"

"我也不知道，也许害怕。"

"那你又要拿不定主意了？"

"不知道，也许。"

"你会很勇敢，你会来的。"

"不知道。也许吧。"

"噢，看你，真胆小。"

"女孩子什么时候胆子大过？连你们男孩子都怕大人！"

"咱们从小就害怕，可咱们要努力。"

"我会的。可是我怕有人看见我。要是我们家人知道了，非拧断我的脖子。"

我安抚着她："安拉保佑不被魔鬼伤害。没人会看见你。另外，即使是看见了，谁又能认出你来？"

"说不定。"

"穿上斗篷戴上面纱,女人就都是一个样子。"

"等好吧。"

"就是说我等你。"

"……"

"说呀,我等你吗?"

"等。可你别站得太远,我可不认识路。"

"好的,好的。"

我把包袱交给她,急切和思念令我使劲地抓住了她的手,她并未把手缩回,只是低下目光,满脸通红地发着抖。我太怜悯她了,便松开手,与她道别,用目光请求她别让我失望。她亦是点头,肯定她的许诺。

* * *

这是她的第二次许诺。

她会践约吗?还是会被那恐惧的巨人摧毁?

沃斯米娅真可怜,她像所有的姑娘一样害怕。不过,她是对的,我为什么要抱怨她?一个未满十四岁的女孩能一个人出门吗?为什么要出门?就为了去和一个与自己身份全然不配的年轻人相会?她是名门富家之女,而我只是挨家串户卖东西的女人玛尔尤姆的儿子!

她会继续畏惧吗?但她想去约会,不顾周围的社会,不在乎环境及传统的残酷。

我不应该生她的气。倘若今晚她真的来了,我将是这个世界上最幸福的男人。如果她今夜不能来,我也应该原谅她,等待下一次约会。

从现在开始到夜幕降临，我将把她的承诺忘掉，不再用思考和猜测来疲累我的心了。我决不令心中充满希望，以免它在失望的一刻到来时悲痛欲绝……只要希望还在飘动，我就决不会杀戮它，直至那一时刻的到来……

噢，夜，我的梦也许会来，也许不会，但是在梦中邀游却是一种幸福，等待也是一种幸福。

* * *

尽管怀疑，我却揣起这份承诺，走着，心中的一切都欲有力地说服我：她会践约的。同时，另一种东西又在命令我不要把希望之窗一次都敞开。

我走着，任各种思绪在我的头脑中翻腾着，望着那些鳞次栉比的住宅和那一扇扇关闭的窗户，真希望它们此刻已经入眠，愿那些窗子永远紧闭，不会有任何眼睛从中看见沃斯米娅。走着，走着，不时碰到几只寻早食的猫儿"喵喵"地叫着，愿它们找到自己的食物，远离这条道，远离整个街区吧，不要在夜间吵叫着，妨碍了沃斯米娅。就连那些停在房顶上的鸟儿们，愿它们带着那叽叽喳喳之声和掀动的翅膀，远远地飞离吧，不要回来。在沃斯米娅赴约会返家之前，不要回来。

就这样，这个希望第二次逗弄着我，它胜过了对它的怀疑和担心，伸展在我的心里和头脑中。我设计着约会的所有步骤，装扮着它，协调着它，为一切做安排，唯独没有决定该说些什么。我想，沃斯米娅肯定与我一样，所有的话语都逃之夭夭，令我无法捕捉，快乐的感觉将它逐出我的脑海。只有幸福在同我聊天，让我觉得自己正在长高。我的头脑亦在长大、活跃着，所有停滞的词语都燃烧起来，从那遥远的地方走来。于是，我又听到了母亲那固执的声音："她是有钱人的女儿，你是走街串家的女贩玛尔尤姆的儿子；她是名门望族，你只是个孤儿，是一个在你出生时就已经故去的男人的孩子。"

噢，但愿母亲知道这个富家姑娘的心中充满了对那个穷小子的爱！她趁家中的鹰隼不在之时，在瞬间决定向一切挑战，以继续那童年时光。当沃斯米娅看见我的愁伤时，那重在伸延的童年的年龄努力着，犹豫着，想着办法，终于决定不再令我沮丧，好同我一样思念着那一时刻，从高墙后面逃跑，去尝试另一种时光：解放自己的时光，呼吸着沁人肺腑的新鲜空气的时光。

第九章

我把全身浸在水中，除去一个星期积存在身上的气味，然后搓洗着头发，直至柔柔地披在后颈上。

母亲不止一次地敲门问道："你干什么，阿卜杜拉？"

"洗澡。"

"这么半天？好像你要当新郎似的。"

新郎！

这词敲击着我的耳鼓，激荡着我的心。是的，今夜我就是新郎。

母亲又一次敲响了门："快点，该去买大饼了。"

在我离家之前，应该去把大饼买回来，与母亲一起吃晚饭。然后，等待着，直到她闭上双眼，我再悄悄撤退，逃向我的约会。

母亲见我满脸通红，便问："洗澡洗的？"

"我把身子都泡在水里了。"

"好像把脸皮都刮下来了似的。"

"没有，不过我是用热水洗的。"

"好。"

母亲的声音尽是真诚和爱。如果她知道我这样做是为了一个约会，说不定会生气的，那她还会这样说吗？

我穿着干净的长袍，那是早上去沃斯米娅家时才穿上的。母亲看见后，问道："干吗要穿这新袍子呢？"

"就是想穿。"

我找出母亲的香水，喷在身上；拿了她的木梳，梳理着我那潮湿的头发，母亲注视着我的动作，露出惊奇的目光。待我做完一切后，她问："你这是为什么呀？"

我不想骗她，她已经注意到了我的热切情绪和对自己的关怀，如果我撒谎，她绝不会相信，吃完晚饭肯定不睡，说不定会禁止我享受出门的欢乐，实现希望。我必须向她坦白："晚饭后我想出去。"

"去哪儿？"

我已经感觉到她声音中的吃惊，仿佛那是发自她的心底。我不想让她害怕，就说："我觉得心里憋得慌，想上海边。"

"这么晚，大家都睡了。"

"可我的眼睛不想睡啊。"

她的声音颤抖了："为什么？你有什么感觉？痛吗？"

"没有。"

"那为什么要出去？晚上出去，让我担心。"

"不用担心，你知道，海是我的朋友。"

其实，我心里也充满恐惧，但我假装没有这种感觉。这可是一次冒险，沃斯米娅要和我在夜间离家！

尘世，请你做证吧！

她将与我在夜幕的笼罩下走向大海，去嗅海的气味，听它的细语，踏望海的沙。

而她的母亲，将沉睡不知。

人们的眼睛呢，也将瞌拢不觉，在宵礼之后，它们都将瞌闭，一切都将瞌闭，只会有缝隙中的蟋蟀，或院中垃圾堆里的老鼠们的争吵。

母亲的眼睛呢？

也会瞌上吗？

母亲还在说："阿卜杜拉，你要觉得有什么不好，一定得告诉我。"

"妈，我起誓，我没什么不好。"

"你要是觉得心中憋闷，就和我一起坐着，听我讲你爸爸和生活，让你消遣消遣。"

"妈，你知道，大海会排解我的一切的。"

"你不愿和你妈坐着说话，而宁愿去大海？"

妈妈的话搅乱了我的心，我真怜悯她，便坐到她身边，用双臂搂着她，说："妈，我愿意和您坐着说话，可您忙了一天了，累了，我想让您休息一会儿。"

"你知道，只要你远离我，我就不踏实。"

"我不会走太远。"

"那我就不睡，等着你。"

我不高兴了，说："求您了，妈，别着急，别再熬夜，我不会很晚回来的。"

母亲的目光中出现了怀疑："晚饭呢？"

"我去买大饼，咱们吃完晚饭，我再出去。"

她稍稍放心了，便说："你不会很晚才回来，是吧？"

"是的，不会太晚。"

我当真不会很晚才回来吗？

沃斯米娅会来吗？我们会忘记时间的流逝吗？

噢,沃斯米娅,今夜,将只有我们俩人,我们将通宵不眠!

尘世啊,请为我们做证!

夜披上了黑毯。那是一个温顺、晴朗的夜。众目入睡,街道沉寂,只有群星不寐,守护着它们的月神,并把清透之光馈赠给大地,仿佛它欲为我照明道路。我怀揣着恐惧走着,但心中更充满了幸福和热切。

我轻轻地移步,唯恐步履被人听见,也怕踏上猫尾,或是蟋蟀的头,致使尘世喊叫起来——如果它真会喊叫。我在肯定着,每一扇窗子都已关闭,每一盏灯光都已熄灭,没有观看的眼睛,没有谛听的耳朵。微风吹动散落的树叶,令其轻轻地扬起,复而飘落,稳安在大地母亲的怀里。可我的心,只是飞扬,不肯安定,一个问题在颤抖着:"沃斯米娅会践约吗?我们会举行一次婚礼,重温童年的记忆——那被人们剥夺了欢乐的童年记忆吗?"

整个白昼的思考令我疲惫,恐惧抛掷着我,互相矛盾的感觉在摇撼着我。在经历了这一切之后,我还不能得到一个肯定的承诺?

战栗始终不离开我,伴我走到了街口。我仿佛生活在冬季,任寒风抽打着我的身体。一阵哆嗦,然后是松弛,但我知道,战栗还要回还,便准备着。那拂之不去的问题竟比雷声还可怕,使劲地敲击着我的头:我能见到她吗?

时间缓慢,如蠕动的蛇粉碎着我那位于它光滑皮肤一侧的耐心,我无物可抓,无枝可依。

心是咚响的鼓,目光正融于夜的沉默里。

每时每刻,我的心都热切无比,紧紧地盯着那条街是否会有人到来,搅挠我的幸福?是否会有精灵从地下钻出,破坏这夜的晴朗?

我的双目游移,最终落在她家的门上,我计算着时间,她何时会露面?我何时能看见她的脸?生命何时能为我奏响幸福的乐章?太久,太久了，太久的等待。

声音……

……

是她，沃斯米娅。

我感觉到她，却看不见她。我感觉到她身披黑色的丝绸斗篷，犹如一根羞涩的树枝，犹如一只逃出笼子的鸟儿，接近了，接近了……终于来到了。

我用力地抓住她那发抖的手，唯恐她改变主意，从身边逃走；怕她背叛自己的神经，扼杀她将要实现的希望。她用恐惧把这希望托起，那恐惧源于一种东西，名叫"禁止"，还源于另一个名字，叫法赫德。

从她走出家门来到我的面前，尽管我的眼睛始终在追随着她，但我仍不相信，这就是她，直到我抓住了她的手，俨然抓住了小鸟，怕它飞走，心才安定。

她和我一样，紧紧地抓着我的手，只怕一旦放开，就会在黑夜里被凶残的目光吞噬。

我只觉得她的战栗正在拥抱我的抖动，于是轻轻地问："你害怕吗，沃斯米娅？"

"是的。"

我不无怜悯地握紧她的手，说："别怕，有我呢。"

她略带遗憾地说："我也不知道怎么就壮着胆子来了。"

"你后悔了？"我难过地问。

"不，可是……"

她的否认拂去了我的伤心，让我重又快乐起来。我没有回答，她仍在等待我说什么，可是，我却不语，于是她接着说："我怕有人看见我们。"

我向她微笑着，不知这黑夜是否将我的微笑送给了她："别害怕，除了大海，没人会看见我们。你不想念大海吗？"

"当然，我想看看它在夜里的样子。"她的声音里透着快乐。

"你就要看到了。"

"我要在海里洗洗脚。"

"那你将使那里长出珍珠，你将是那里的一片云。"

"我真的能相信会看见大海吗？"

"是的，它今晚等着我们呢。"

我们并未走动，依旧靠在墙边，只等身上积满勇气，便开始我们的旅程。

她抬头朝向我，问："我们玩沙子？"

"盖房子。"我肯定着。

"造船，做小孩。"

我的心在欢唱，在活动起来，勇敢来到身边，又成了一个小孩子："走吧，沃斯米娅，我们走吧！"

我们迈开了脚步，她重新拾起中断的谈话："你知道人们怎么打鱼吗？"

"不知道。"

我遗憾地回答，然后叹了口气，紧接着说："可我正在学，我每天都和渔民们一起出海。"

"当然，喜欢大海的人就喜欢打鱼。"

我们走着，她仍在继续着刚才的话题："好好干，阿卜杜拉。我喜欢鱼。"

于是，我向她肯定地说："为了你，我也要学。我要把大海的鱼都打上来，放在你脚下，任你挑个够。"

她轻轻地笑出了声，那笑声犹如一条可爱的鱼儿逗弄着我的心。

她又说："我想要一条彩色的鱼。"

"我一定能捞着。"

"它要像我一样。"

"我一定能捞着。"

"它喜欢你。"

她按了按我那降伏在她指间的手掌，我更加兴奋起来，对她说："不，鱼不喜欢我，任何人、任何精灵都不会像你那样喜欢我。"

她那手掌的温存几乎要把我融化了，仿佛她真的要变成一条鱼，在我的心上休息。

* * *

我们悄悄地走着，没有任何人能听到我们的脚步声。到达街的尽头时，我对她耳语道："我要走在你前面。"

"那我害怕。"

"别怕。"

"可你撇下我一个人了。"

"不，我只是先你几步。"

"我怕。"

我心疼她了，可我们必须拉开距离。我们街区的人认识我，可没有任何人认识她，那黑色的斗篷不会给她带来什么闲言碎语。如果有人说什么，我会承认，我晚上离家，是为了去见一个卖淫女。我已是年轻人了，绝不会有人指责我，因为许多男人都是这样，我曾亲眼看见他们有些人带着情欲和约会的梦去到那条尽是卖淫女的街区。

于是，我走在她的前边。

我从她握紧的手中把手抽出，她放开手，并发出轻轻的叹息，仿佛是她那柔的手掌送出的声息。

我走着，宁静的街道通往大海，清真寺就坐落在路口，寂然无声。它是否在生我们的气？

万籁俱寂，只有我们向大海走去。

这就是那个大海吗？莫非它为了我们洗净身子，放缓了波纹，让啸声消失？啊，亲爱的大海，你是多么焦渴，多么神魂颠倒啊！

我俩躲在一块大石头近旁，两个颤抖的身体静静地待在沙地上，不敢让彼此的目光相遇，仿佛彼此羞于看见对方，或者不相信将会看到对方。于是，我们用手玩着沙子，任其从我们的指间滑落，然后再捧起新的沙。

我们的肩相邻了，我们的手相连了，我们体内的血在翻沸。我不敢抚摩她柔柔的手掌，只敢任她那黑发似溪流在我的指间流淌。她的发丝在逗弄着海风，遮挡了她眼中的光亮。

我伸手轻轻地撩起她那头发，唯恐把一根发丝弄断。弄疼它，它便会把沃斯米娅弄疼。她举头问我，我正直直地盯着那一对迷人的、不敢正视我的眸子，只听得那里发出了轻柔的细语，俨若羞涩的歌冲出了她的沉默：我爱你，阿卜杜拉。

我聚集着心中全部的爱，让它爆发成会说话的一瞥，回答那歌唱：我爱你，沃斯米娅。我们收回了各自的目光，重又玩起沙子，我问她："你还害怕吗？"

"有点儿。"

"和我在一起，你也害怕？"

"不怕和你在一起，可是怕另外的什么，我也不知道……"

于是，我鼓励着她，说："来吧，忘记害怕，咱们造房子吧！"

我们聚起一大堆湿沙，她便说："我想造个小房子。"

我却反对道："不，我要造大房子。"

她仿佛要用那我已经忘记了的东西提醒我，说："咱们就两个人。"

我则挑战似的说："那孩子们呢？"

……

她沉默了！我的问题令她感到突然，她绝没有想到我会坦率到这种程度！也许她只认为我们是在玩，在做游戏，用沙子造一个房子，然后，一巴掌将其击碎，击碎它的墙壁和希望。太突然了，她明白我所说的是真正的房子，有墙壁、有门、有窗，房子里有孩子们。见她仍未回答，我便继续说道："我想要很多男孩儿和女孩儿。"

"可是，上哪儿给他们找那么多名字呢？"

"我把所有的女孩儿都叫作沃斯米娅！"

她笑了起来，幸福在她的笑声中飞舞："那男孩子们呢？你也把他们叫作沃斯米娅？"

"不，男孩儿由你起名字。"

"我？"

"当然了。女孩儿归我，男孩儿归你……"

她点着头说："好，那我都叫他们阿卜杜拉。"

"同意，沃斯米娅和阿卜杜拉！都叫我们的名字，生息不止，长大成人，每一个阿卜杜拉都爱沃斯米娅，而……"

她打断我的话，说："每一个沃斯米娅都爱阿卜杜拉。"

我们捡着石子、木棍，开始造房子。然后开始分配房间……这是我们的，这是女孩子们的，那间给男孩子们，这是起居室，那是餐厅、厨房、厕所……

然后，我们找到一根木棍，在一端缠上一些草，把它"种"在了"院子"中央。

沃斯米娅说："这是一棵卡那尔枣树。"

我却拒绝，说："我希望这是一棵枣椰树。"

她不高兴地说："孩子们喜欢卡那尔树。"

我便试图说服她："可是枣椰树是吉祥、是财富，椰枣更是如此。"

于是，她温顺地屈服了：

"随你吧。重要的是有棵树，能在树下休息。"

"孩子们能在树下玩耍，在月夜中聊天。"

"阿卜杜拉，我真想有这样一个家。"

一听这话，我高兴极了，便说："沃斯米娅，你真希望有所属于我们俩的房子吗？"

她低下了头，良久不语。

望着她那张明洁的脸……啊，她在想什么呢？是什么在她那纯洁的心灵激荡？

"沃斯米娅！"

"噢……"

"你为什么喜欢来这里呢？"

她战栗了一下，脸上泛起了羞涩，这大胆的问题令她吃惊。

她大概认为我在责备她违背了常规，眼中露出了后悔。我感到自己伤害了她，便急忙解释道："我是说，你真的希望看见我，和我说话吗？"

她的脸舒展了，微笑了，肯定地点点头。

"就是说，你像我一样，盼望着我们俩相见？"

"是的，我盼望着。"

"你也希望咱们有一所房子?"

"是的,希望。"

"希望有孩子?"

"是的,是的。"

我叹息着说:"沃斯米娅,要是你爸爸和你哥哥在家,我们今天就不能坐在这里了。"

"我怕他俩。"

"所有的女孩都怕爸爸和兄长。"

"你们男孩儿比我们强,不害怕。"

我自嘲地笑着:"谁说的?我就怕你哥哥法赫德。"

"为什么?"

"因为他有钱,有钱人不喜欢穷人家的孩子。"

这话令她感到突然,她仿佛从未有一天想到过讨论这一类的问题。她此时此刻仿佛已经忘记了她是富家女、我是穷小子。

"你说的是什么话,阿卜杜拉?"

"实话,你们有钱、我穷。"

"我从没想过这些。"

"我知道。"

"我们大家都是人。"

"你是这么说的,可人们的目光却在说别的。"

"那和我们有什么关系呢?"

"为什么没有?咱们是和他们生活在一个社会里,但你的家人属于另一个社会。"

"你对我和我的家人太残酷了。"

"我不残酷,但现实对你和我太残酷了。"

"你干吗要这样想？"

"这不是一种想象。我给你打个比方，你想想看，我、女贩玛尔尤姆的儿子，敲开你们家的门，对你父亲说，我要娶你，这可能吗？"

刹那间，羞红泛在她的脸上，她颤抖着问："你说什么？"

尽管她害羞，我还是鼓起勇气，说："我是说，如果我想和你结婚呢？"

"噢……"

她的头低了下来。

"你爸爸、你妈妈能高兴吗？讨厌我的法赫德和那些人能高兴吗？"

"可我妈喜欢你、我爸爸……"

我打断了她的话："只有爱情是不够的，就不怕那些人了吗？"

"那有什么关系？我爸爸妈妈喜欢你。"

但我却坚持着自己的意见："没关系，但世界就是如此。富就是富，穷就是穷。我是穷人家的孩子，这就是我为之牺牲的灾难。"

"别这么说，阿卜杜拉！"

"我只是说了事实，沃斯米娅。"

她叹着气，然后问道："你为什么想到事情的前面去了？"

"因为我知道。"

于是，她央求着我说："不要破坏了我们的此时此刻。"

我深感遗憾，知道是我激起了她的痛苦和忧伤。欢乐之光在她身上熄灭了，但愿我能抚平我带给她的苦痛，于是我安慰着她说："别生气，沃斯米娅！太抱歉了！总有许多梦在缠着我。"

"有些梦会成为事实。"

"但我对你的爱不是梦。它是真的，我希望这事实的梦能实现。"

于是，她举头向天，仿佛要向星星、月亮和清风送去呼唤。然后，她又把目光投向大海，仿佛要把她的愿望植入大海的心脏，让它长大、长大，诞生出使我俩幸福的幸福。我们让头紧贴在大石头上，没有任何东西让幸福失意，无论是涛声、鱼儿的细语、脚下的沙子的挑逗都不能。一切的一切都羞于窥视这一时刻，吵醒这一时刻。谁敢击碎它的静谧？谁敢让惊诧的目光落在它的脸上？谁？

那幸福是巨大的，沃斯米娅和我在一起，我和沃斯米娅在一起，而对两个相爱的人儿的急促的喘息，夜在卑躬屈膝。幸福使我们忘乎所以，我们的轻声细语温馨、纯真，无声胜有声。我们忘记了时间的流逝，忽略了光阴的走过，我们把那些值更的、守夜的、在海边、在黑夜巡防的搜索的眼睛从我们的头脑里抹去了。

突然！

远处闪过了一道微弱的光。沃斯米娅战栗着，像一只畏惧屠刀的猫儿紧贴在我身上，虽然是低声说话，却犹如叫喊："阿卜杜拉！"

她在我身上贴得更紧了，我感觉到她在发抖，那恐惧也传到了我的身上，浑身的肌肉都在紧张，紧张得不能行动。若不是记起那正在降临到我们头上的灾难，我不能战胜这麻木的身体。我应该动，应该保护她。

灾难正在走来，瞪着眼睛，举着带火的刀向我们走来，若不快走，我们就要被吃掉了。

"快走。"

我这个柔情恋人从未希望以如此大的力量拉着她的手。但那道微弱的光越来越近，令我们恐惧，那是魔鬼之口，想要把我们的时刻吞噬，然后吐出发现惊人事件的气味，一对年轻人的不可容忍的会见的气味，然后，任气味扩散，最终使丑闻发生。

"快！快走！"

她全身都在哆嗦着，不知所措地问："去哪儿? 去哪儿? "

去哪儿?

我也没有想过去哪儿。我们面前只有这块大石头。莫非我能在这石头上挖个洞? 还是能把这大石头举起，让沃斯米娅藏在下面?

去哪儿?

她的问题十分合理，但却让人不知所措，时间太紧、太短，比那针孔还小! 惊恐犹如地震，摇撼着我们的身体，使我们几乎变成碎片跌落在地。

去哪儿? 去哪儿?

前面就是大海，只有大海。海是鱼儿、贝壳和秘密的藏匿之处。海是逝去的歌。

哪里? 哪儿? 战栗、哆嗦，光……发抖的沃斯米娅拯救了我，只听她说："我将藏在水里，直到他们走开。"

我大吃一惊，道：

"可是……"

她摆脱我的手道："没有时间了，他们就要过来了。"

"但是……

我的声音在呼唤着她，她却执意远离而去。

我想提醒她，她不会游泳，更不会潜水。她和大海是一对恋人，是用目光相恋的一对儿，是用在慈爱的岸边的玩耍、用她从我衣服上嗅到的海的气味相恋的一对儿。

现在，她偷偷地潜入海里，把那窈窕身躯投入海里，扬起的头发在她的背上泛起波浪。她的脚步是那样快，胜过发现远处谷粒的鸽子。她知道，那一时刻正在接近，恐惧如鞭子般在抽打着她，她拼命跑。当她消失时，那光已近在眼前，夜巡队正在各处检查，搜索着那些痴爱的年轻的心、憎恶那纯洁的友情的时刻。

我离开海水，远离沃斯米娅潜下的地方，一个人坐在那块大石下，承受着我的战栗和恐惧。我想让他们放心，我只是一个人在这儿，那些海的恋人总愿意在夜晚独自伴海。待他们走后，我再赶紧跑到她那里，让她像只被洗湿的鸽子那样回到家里。

我在石头下佯装睡着，可她挣脱我手的那一刻感觉总不肯离开我。仿佛有什么离开了我的心潜入水中，她潜入的水中泛起的水泡总在随着我，"咕嘟，咕嘟"的声音炸碎我耳边的宁静。

＊　　＊　　＊

他站在我面前，用灯光照着我的眼睛，问道："一个人？"

这问题在我耳边变成几千个问题。

我浑身发抖，但却强忍着说："一个人。"

说罢，我看看大海，生怕那里有什么动静，怕海浪呼吸，暴露我们的事情。一个问题令我惊醒：

"这个时候，你在这儿干什么？"

我坐在那里，望着他，没有回答，只听他喊了起来："站起来，蠢驴！回答我的问题！"

我没有回答，因为我没有弄清这个问题，头脑里是一大堆乱糟糟的思绪。

他又一次问道："这个时候，你在这儿干什么？"

我挺起双脚的筋腱，以便它背叛我。说："我睡不着，就上这儿排遣。"

"你家离这儿很近？"

我抬手指指，说："很近。"

"就你一人？"

他这问题仿佛是威胁，我的声音被惹烦了，冲出喉咙："是，就我一个人。"

他用目光四处打量着，闻着，仿佛爱情的时刻留有芬芳，他不相信我的话，只相信他那狗鼻子。他转着、看着，寻找着什么，使他胜利，发现秘密。

秘密就在那里，被保护着，在波浪下颤抖。也许波浪怜悯战栗，便没有发出响声，也没有低语，甚至没有一丝喘息。

那人走开了，一步，两步，三步，我刚刚要透出一口气，他又转回来，命令我说："快回家去！"

"好吧！"

继而又警告我说："不许再在这样的时候到这里来。"

"遵命。"

他走了，急急忙忙地走了。

我也动了起来，让他听到我的脚步声，认为我真的回家。他在那里走，我在这里动，原地走动。见那道光完全消失了，我便迅捷地奔向大海。

第十章

我的脚真的在拖着我吗?我真的能够控制自己的身体,让它腾起,像那振动着巨大的羽翼保护自己的情人的苍鹰飞腾吗?

我用尽恐惧时刻所有的力量奔向大海——奔向我和沃斯米娅的爱人。沃斯米娅就在那里,在它的波浪中,那波浪已变成了她的床,她就在那里,守护我们的爱和我们的名声不被恶眼伤害。

我几乎是在水上飞过,唯恐踏着哪一朵浪花,因为那浪花可能就是沃斯米娅用之遮障人眼的被子。

各种疑问纷至沓来,进入我的脑海:她在哪儿?怎么样?她是否会站起来,伸出柔嫩的双臂,兴奋地抓住我?她是否在等我找到她,唯恐先我而出,被陌生的眼睛看见?

她在哪儿?

在这个浪下?那个?还是另一个?

啊,波浪啊,你说一句话呀!你送出一声喘息吧!你摇动你的泡沫吧,你告诉我吧……恋人就在这里,静静的,闭着一对美丽的眼睛,等待着,待她刚一睁眼时,就能看到你的脸……她想温顺地期待着你的双臂把她抱到那块大石头那儿，那石头在等她，沙子在等她，月亮、清风和生活都在等待着她。

我在海中挣扎着，跑着，半个身子都浸入水中，脸不时地碰着海水，呼叫着："沃斯米娅！沃斯米娅！"

我的声音从我那痛苦、惊恐的喉咙中跟跟跄跄地冲出，然后便消逝在穹宇之间。我又弯着腰，探着海水，仿佛我在花丛当中寻找着一朵花！

我一次又一次地咕哝着："沃斯米娅，沃斯米娅，你在哪儿？"

我的双腿在和波浪搏斗着，我潜入水中，感觉到了土地、沙和石头。"沃斯米娅，沃斯米娅，他们走了……你出来吧！"

没有回答，没有声音，连水泡的咕嘟声也没有。

我用更大的力量搏击着，更拼命地抽打着水，潜入更深的水中，然后爬上来，再潜入，再爬上来，喝着咸咸的海水，叫着，呼喊着，却没有应答。

周围尽是黑暗，眼中都是黑暗，心里亦是黑暗，连那白色的海的泡沫也是漆黑一片。忽然之间，在那夜光之下，我看见了她，那是她的黑色的斗篷在漂浮，在波浪之间漂浮。波浪撕扯着它，把它撕开，又把它卷起，残酷无比，没有丝毫怜悯。

我急急忙忙把它抓住，使劲拉过来，只认为是沃斯米娅从海里出来了，摆脱了恐惧，向我走来，但是，却只是一个斗篷。我把斗篷紧紧地抱在怀里，抚摸着，终于断定了这是一个空斗篷，不是沃斯米娅，于是呼喊着："沃斯米娅！沃斯米娅！"

斗篷就是从这里来的，从这里。仍然惊恐的沃斯米娅就要出来了，她把自己埋在这里，等我去拉她。于是，我又一次潜入水中……我找到了她。

我用疲劳的双臂将她托起。

我抚摩着她的脸,呼唤着她:"沃斯米娅,起来吧,他们走了。"

没有回答。

"动动吧,沃斯米娅,趁他们没回来,咱们快逃走吧!"

我摇着她,撼动着她……

她没有动,也不睁眼,没有叹息,亦无欢乐,连一声喘息也没有。我犹如疯子,把她紧紧地贴在自己的胸前。我不能相信,一味地呼唤着她:"醒醒吧,亲爱的!"

她没有醒。

我拧了她,尽管我的爱强烈无比,我还是拧了她,打着她的双颊,可我明明知道,这双颊是不能打的,即使是用一朵鲜花抽打也不行。但是,她拒绝了,脸上毫无容光,只有恐怖依然勾画在她美丽的脸庞上。那肯定是她的灵魂惊颤的一刻,她挣扎着,抬起头,试图再吸一点儿储存着的空气,帮助自己再藏匿下去,不让事情暴露。

但是呼吸背叛了她,在那男人的盘问和怀疑尚未结束时,就已结束了。她怕我们的事情败露,努力屏住呼吸,而我们热恋的、投入其中欢度时光的大海竟变成了沃斯米娅的坟墓!

* * *

整个世界都在沉默地熟睡,像她一样地沉睡着。她听不到我的呼唤,听不到我心的震颤。这震颤犹如凄凉的鼓,惊恐地狂奔着,却没能唤醒她,没能唤醒她的血管,重新跳动。

沃斯米娅没能听见我的声音,她那冰冷的目光未能看见我眼中的恐惧,她那带着女性羞涩的手掌也未能感到我的手掌的热切。

她走了,撇下我一个人独处痛苦、恐惧、悔恨和深深的悲伤的深渊。她就在我的臂上,而我则半身跪在水中,犹如那祈求、祷告之人。

连那疯狗般的大海也未如我的泪水这般将她打湿,我恨它,恨这大海。

我对海大声喊叫,它却在推搡着我,来到我的胸前,然后又逃开,仿佛怕我的悲伤会传给它,搅乱了它的幸福。于是,我开始咒骂起大海:"你这狗崽子,私生子!你就是死亡,我讨厌你,你夺去了我的恋人。当她热恋着来到你身边时,你却把她吞噬了,扼杀了她的欢乐,夺去了她的生命,我恨你……"

我拥抱着沃斯米娅。

拥抱着她。

拥抱着她。

拥抱着她……

我看见,她活着,坐在我身边,把她的手掌放在我手里,我和她说着话儿。我从她的颤动中嗅到了拥抱的欲望,我真怕把她的头发弄乱,我可不敢,除非在我与生命告别之时。

我亲吻她那垂下的头发,水和泪正从那发上滴落;亲吻着她那冰凉的额头;亲吻着她那在死亡之时依然高耸的鼻子;亲吻着她那光滑的两腮;亲吻着她那一丝不动的嘴唇。她这张嘴从不许人亲吻,甚至那给她带来空气和活力的风的亲吻也不被允许。她的嘴唇和她善良母亲的嘴唇一模一样。

啊,大海!

是你杀死了她!你嫌她的幸福时光太长,便抢走了她面颊上的鲜嫩,撕碎了她那充满炽烈、奔放和成熟的青春的内衣。

你本是她为了你、亦为了我而热恋的世界。你那里可有一个墓穴将她遮障，不受丑闻的伤害？

只有你能将她覆盖，覆盖在你的波浪之下，覆盖在你的沙、贝壳之间。我不希望太阳升起，照到她那微黑的身躯，让那金色的光线用发红、淫荡的手指比画着，叫喊着：这就是你们的姑娘、名门之女，她曾和一个男人幽会！大海拒绝充当情人们的避难所……终于夺去了她的生命。

不，不仅仅是太阳的手指，还有那个碰到我的男子的眼。当白昼到来，丑闻被传开时，他肯定会想起曾在大石头那儿见到过我，想起我曾经否认过与别人在一起。

于是，丑闻将加倍丑恶，沃斯米娅和男人在一起，这男人就是女贩玛尔尤姆的儿子！

莫大的耻辱！望族之女竟和贫穷的女贩玛尔尤姆的儿子在一起！啊，人们那尖刻的口舌犹如火炭，烧焦她那已经死去的尸体。

这个人家的女儿，竟趁其父兄出门之机，在她母亲沉睡之时，溜出了家门。

而他，当时就在这里。

而她呢，则被海浪抛到了海滩上？

为什么？

我要践踏她的高贵和血统吗？

不！

你绝不要出来，沃斯米娅，大海将保护你。尽管它残酷无比，它将怜悯你，埋葬你，遮护你。

我把她抱在胸前，她娇小的身体下垂着，俨如在喧嚣之夜抖空一切美梦的软软空枕。泪水迷糊了我的双眼，但大海之路就在我的面前。

我向海中走去，不知时间，不会止步。当水没到我的头时，我便抱着她，潜入海底，然后……我与她永别……

我把头埋在她的胸间,痛哭着,用我的心做祈祷,请安拉保护她。我流着泪,将她放入深深的海水之中。就是这海水,又把我带回岸边。

我把自己也抛在那里了,忧愁和悲伤压迫着我。于是,我久久地凝视着大海,尽管我是那样憎恨它,但我还是用双眼拥抱着它,请求着它:"大海,我把我的恋人托付给你,请你怜恤她,保护她吧!"

大海,我决不会离开你,决不!你是我恋人的坟墓,我向你起誓,决不离开你!我要当一名渔夫,给她捕鱼,我希望在每一条鱼的面孔上都能看到她。

海啊,我已经把她寄托在你那里,请不要拒绝她,不要再次把她送到岸边。请对她说:我决不忘记你,决不离开你!

海啊,我们满怀希望地来到你这里,她想要一座房子,想在院子里种一棵树,想有许多个沃斯米娅。

可是,你却把没有心跳的贝壳种在了她的心间。

海啊,尽管我厌恶你,我还要爱你;尽管我仇恨你,我还会因你而高兴。沃斯米娅在你心间,你将永远留在我心中。

* * *

我的心在跳,心中的恐惧、悲痛和惊慌在跳。我的身体无法承受我的恐惧和我的悲剧,致使我始终趴在沙滩上,不敢呼叫,不敢倾泻我的痛苦。

怎么办?

明天将会发生……?

她的母亲将要醒来,用手摸摸身边的床褥,不见她的踪影,然后她会叫她,再叫,但却没有回答。她那提高的声音将在那被诅咒的空间消逝。于是，她会光着脚跑到院子里寻找，甚至找到鸡舍，但是仍没有找到。

那时，她会做什么呢？

她会疯狂地跑到街上去呼喊，向所有的人宣布她的恐惧？她会向人们求救：好人们哪，我的女儿不见了！也许她会默默地出门寻找。如果找到，一切安然。如果没找到呢？啊，她会怎么办呢？

不停的颤抖向我袭来，可我还在强忍着。我必须逃离这个死亡之地，我周围的生命全是残忍和暴虐，我的脸上尽是发出臭气的黑泥。于是，我带着我的伤疤和悲痛逃跑了。

我跑啊跑，不知双脚是踏地还是腾空而起，我只想赶快到家。我把她那湿斗篷夹在腋下，带着战栗和惊恐逃跑，生怕有人看见我，生怕有人在我的眼中看到死亡的沃斯米娅，然后指证我，使夜苏醒，将事情传开。

路上的宁静更使我觉得，是我驱使她来到大海而牺牲。这感觉的加重使我哆嗦得更加厉害，我浑身湿透，水不停地从身上滴下，留在我走过的路上，又渗入泥土之中。我在丢下她独自一人后，竟像疯子一样地飞奔。

我那时是个懦夫？还是个勇士，保护她远离丑闻的勇士？

不，我是懦夫！我应该把自己与她一起埋葬，我应该死去，在死亡中实现痛苦的现实和偏见的社会所期望的我们的幸福。

我都不知道是怎样到家的。我趴到母亲身边，打量着她的脸，知道她睡着，并未被我在埋葬沃斯米娅时见到的那些梦杀戮。

我无法平息自己的心跳，于是紧缩成一团，以制止我的肋骨的悸跳。我怕母亲醒来，见我惊恐、湿透，发出疑问。那我该说什么？我必须使自己平静，让我的喉咙和心都不出声，否则……

但是，谁能控制这惊恐时刻？谁能掩饰这惧怕？平息恐惧要比把尸体埋入土中或水里还难呀！我的身体在战栗，牙齿在哆嗦，呼吸在急喘，从喉咙中冲出，激起愁伤和被人注意。

我母亲睡眠很轻，为了我，她习惯早起外出干活儿。她动了动，翻了个身，把手伸到紧挨着她的我的被褥，可她没有摸到我，便抬起了头，四处寻找，终于在窗边看到了我那抖动着的身体。

"阿卜杜拉！"

我没有回答，她又一次轻轻地呼唤着："阿卜杜拉！"

见我仍未回答，她有些担心了，便坐到我身边，睡眠的气味和平静从她身上溢散开来。

我是忌妒她的平静，还是从她那里获取些平静给自己！

她离我更近了，感觉到了我的颤抖和湿漉漉，于是恐惧显现在她的脸上，出现在她的声音里："怎么了，阿卜杜拉？"

我没吭声，望着她那留下窗影的脸，我想从她那里获得心安。我的心急匆匆地奔向那颗心的掩蔽所，这颗心被那个令人痛苦的夜晚时时揪起，又被那许许多多的痛苦折磨得缄口不言。现在，我真希望她的胸是一个洞穴，令我窒息，从而像那淹没我、让我从自己的耻辱中逃跑的海一样心安理得。

我将对她说什么呢？我敢吗？可是，我怎能如此这般地隐藏事情呢？只有母亲的胸才能承托我的痛苦，只有她能为我和沃斯米娅做些什么。

母亲打量着我的脸，恐惧几乎吞噬了她双眼中的亮光，她问我："你怎么了？"

她显得气馁、心碎。我拉过她那干巴的手，吸吮着她的疲惫和温暖，又用我的泪水将其润湿。然后，扑到她的怀里，抽打着自己的头，哭着说:"妈,您能想到发生什么事儿呢?"

"我?我能想出什么来?出什么事情了?是什么让你像枣椰树枝似的这样不安?你哭了,阿卜杜拉?你对我隐瞒着什么事儿呢?"

"妈,我办错了事,我把爱人给害了!"

"爱人?!"

母亲用手劈打着自己的脸颊,她知道我爱的就是沃斯米娅,可是她如何能想到发生的事情呢?

于是,她那颤抖的疑问一股脑儿向我倾泻下来;"是谁?怎么回事?在哪儿?出什么事儿了?快说,说呀!"

我扑倒在她的腿下,去吻她的双脚。她的脚趾长长的,散发着土味儿、汗味儿,是那样粗糙,俨若一个锯条。可我依然让这双脚蹭着我的脸,把我的痛苦和后悔留在它那里。

"妈,我不能……如果您知道了……"

"我知道什么?说呀!是什么灾难?你想用它折杀你的母亲?"

"是灾难,是巨大的灾难!"

她使劲地摇晃着我,她的慈祥突然离她而去,使我觉得她在那一刻是残酷的。她的目光在我脸上转来转去,终于落到了我怀里的斗篷上。于是,她把斗篷扯过去,展开,任水滴流下,然后,在斗篷上部寻找着什么,终于找到了。她失声而出:"安拉啊,这是沃斯米娅的斗篷。"

"是的,是她的。"

我说出这话后,犹如把胸中的憋闷倾泻而出的人一样,反而好过一些。

"怎么来的?"

"谁?斗篷?还是斗篷的主人?"

"斗篷的主人?"

母亲不相信,她有权不相信。哪一个头脑能相信发生的事情呢?

"阿卜杜拉,你是什么意思?"

"我是说您不相信的事。"

母亲久久地盯着我,眼中充满疑虑。她想遣走那疑虑,可疑虑却把自己的回答狠狠地种在了她的目光中和声音中:"沃斯米娅?和你在一起?"

我使劲地点着头。

"夜里,沃斯米娅和你在一起?怎么会呢?"

不满在我胸中涌起,母亲知道我是多么爱沃斯米娅,可她也不认为我应该和沃斯米娅在一起。

于是,我用被压抑的声音叫喊着:"是的,是有钱有势的人家的女儿沃斯米娅和一个穷小子、您的儿子、女贩玛尔尤姆的儿子在一起,在夜里!"

"她肯定是疯了,你也是!你这疯子!"

母亲拼命地摇晃着我,竟使我胃里的东西翻腾起来,终于呕吐出了胃中的一切。母亲急忙拿来毛巾,擦净我的下巴和前胸。我看到她在流泪,那泪水俨若一根燃烧的线。啊,这火在我们的身体里燃起,是我给她带来了如此的痛苦。

听着她的哭泣,我求着母亲,说:"饶恕我吧,妈!"

她咬着牙,伸出哆嗦的手,使劲地抓住我的头发,把愤怒倾注到我的脸上:

"你把姑娘怎么样了?你给她带来了耻辱?"

"没有,我根本没碰她,妈。我没动她!"

"那出什么事儿了?说!"

"死了。"

母亲瘫倒下去，我感觉到她的骨头在碎裂。她那扯着我头发的手慢慢垂下，落到我的肩上，又滑落在我的臂上。然后她的指甲几乎扎进了我的肉里，断断续续地说着："死……死……死了……"

"淹死在海里了。"

母亲惊吓无语，她是失忆了，还是昏迷了？还是得了心脏病？

如果我当时处在母亲的境地，肯定已经死去了。她已经头发斑白，心血管脆弱，怎么能承受如此的灾难？

"妈！妈！"

母亲无语，她在酝酿着风暴，泪如雨下。我仿佛听到了她那怦怦的心跳，于是抚摸着她，试图平息她身体的战栗。我拥抱着她，她却在躲着我。

"妈，妈，是她自己……"

母亲的声音充满敌意："她还是你？你对姑娘做了什么，最后把她给淹了？"

说完，她不等待我回答，就抓住我的脸，狠狠地打，又把我的头往窗子的铁框上撞。她骂我、责备我，说了许多许多话，讲了很多事，有一些事情我都记不起来了，而另一些事却浮现在我的眼前，使我俨然处于海的旋涡之中，旋转着，旋转着，转到了海下。于是，海的牙齿咬住了我的身体，把我托起到海面，让海风吹着我的头，再一次将我唤醒。

不知在旋涡中待了多久，待我再次醒来时，母亲正抓着我的胳膊，往我脸上喷水，摇晃着我，叫着："阿卜杜拉，醒醒，你没事的。"

"我害怕。我是在做梦？那事真的发生了？我告诉你什么了？"

母亲那满是泪的脸说明了一切。我叫着沃斯米娅的名字，记起了那疯狂的风暴。沃斯米娅那皱皱巴巴的斗篷就在母亲面前，母亲正在悼念斗篷的主人。

"妈，我怎么办？沃斯米娅没了。"

"我们也会没的，人家的名声也将丧失。"

说罢，母亲恨恨地问道："你说，你应该这样做吗？"

我低下头，答道："现在我们应该做什么？没有时间责骂和埋怨了。"

"我一定会做的，一定。"

还未等我高兴点儿，母亲又恨恨地抬起头，对我说："这不是为你为我将要犯下的两个罪过，一个是为了姑娘，另一个是为了她那善良的家人的名声。他们对我们那样好，可你却去咬那对你的慷慨之手，夺走了他们的姑娘！"

我打断了母亲的话："可我爱沃斯米娅，妈！"

"爱的人不应该保护他所爱的人的名声吗？他难道应该杀自己所爱的人？"

"我没杀她，是她害怕，藏在水中。我找过她，可她已经死了。"

听了我的辩护，母亲搓着手掌，说："没有办法，只靠安拉了。沃斯米娅，你的青春太不幸了，但愿死去的是你，阿卜杜拉。"

说完，母亲叹息着，仿佛又在驱赶着她说出的愿望，然后继续道："等待她那可怜的母亲的该是什么呀？还有她父亲，她哥哥。幸好他俩不在这里，否则……"

"怎么办呀，妈？你告诉我。"

"我一定会安排。"

"那您怎么办？"

"与你无关，睡你的吧。"母亲呵斥着我。

说罢，她又盯着我的脸，说："如果你能睡就睡吧，不过像你这样肯定睡不着。"

"求您了,妈……"

"闭上嘴,让我想想怎么处理你带来的灾难。"

母亲把一株小小的希望的幼苗植入我的心,从没有任何事情难倒过母亲,尽管她十分生气。但是她对沃斯米娅母亲的爱,对沃斯米娅的爱,对我的爱,都会让她去做出什么,以保护我和沃斯米娅的家人免遭丑闻的伤害。

* * *

黎明破晓。

宣礼声传入我的心里,它带来了安全的希望和对安拉的万分爱戴。

安拉喜欢沃斯米娅,安拉是仁慈的、宽容的,是保护者。母亲喜欢沃斯米娅,为了保护她,母亲可以做任何事情,她已经承诺了,不会忘记的。

我看见母亲站了起来,但她的体态是那样沉重,仿佛她刚刚失去了我的父亲,便又失去了我,继而失去了她的全部生活。

她拉过了毯子,开始祷告,静静地、长时间地祷告着。尽管她几乎一夜未合眼,却俨然处于宁静的休息带来的平静之中。

祷告完毕,她把目光投向了仍坐在窗子近旁的我,说:"一起来,去祷告,求安拉宽恕你、怜悯她。"

刚刚做完祷告,就听见母亲说:"我这就去沃斯米娅家。"

"现在?太阳还没出来呢。"

"必须在人们还没睡醒、事情尚未变成丑闻之前去。"

"您去干吗?"

母亲的回答俨若对我脸上的一击:"与你无关。"

说罢，她急忙披上斗篷，可我看见斗篷的衬里翻在外面了。可怜的妈妈，她把斗篷穿反了，她把自己整个儿弄反了，在这清晨俨如一只发抖的鸟儿。只见她走到屋角，神经质地拽出一些脏衣服，然后拿出一个打着补丁的包袱，包了些衣服。在她把包袱打起之前，走到我面前问：

"喂，在哪儿呢？"

望着我眼中不解的迷茫，她继续道："姑娘的斗篷。"

我一整夜都抱着那件斗篷，现在已变得又干又皱。我把斗篷交给母亲，当她拽着斗篷时，只觉得她在往外拽我的心。

她拿着斗篷，轻声咕哝着，朝那个包袱走去：

"好人家的姑娘，让安拉宽恕你的青春吧！"

我热泪长流。

昨天，沃斯米娅还是一只美丽的羚羊，躺在我身边的土地上，今天却已成亡人。全天下的人们将为其哀悼。

是我在宰割着母亲，给她带来了本不会有的巨大愁痛。自从父亲去世之后，她已饱受漫长岁月的艰难，她心中的希望已经死亡，她的梦想已经苍老。

母亲把斗篷塞进包袱，一种疯狂的好奇搅动着我的心，但是我不能问。我合计着、犹豫着，我怕惹恼母亲，让她记起我的心焦，并认为我不相信她会做出什么保护沃斯米娅和她的家人、保护我的事情。

临出屋前，母亲回过头来，对我说："听着，阿卜杜拉，待太阳出来后，你就上那儿去。"

她用手指着外面。

"那儿是哪儿？大海？"我问。

母亲用颤抖的声音答道："那里。沃斯米娅的家。"

"干什么?"

"什么也不用干。照我说的去做。一个小时后,人们都会聚集在那里,你是其中的一个。"

我想明白母亲的意思,可是她仍然在说:"听着,你不许有任何动作或说任何话,任别人觉得你知道什么。你只能在内心里受折磨,只能沉默。"

我还没有来得及问什么,她已经关上屋门走了。

* * *

我蜷缩在原地,一动不动,心儿破碎,精神失望。

我犹如一条欢乐无比的鱼儿,胸口突然扎进了渔夫的刀。

母亲在这样的凌晨离家,肯定是要趁人们尚未醒来之前把事情安排好,以免那些闲言碎语和不安向我袭来。我坚信她肯定会做什么,但同时我又怕事与愿违,怕沃斯米娅的母亲已经醒来,怕她大声叫喊,把人们吵醒。

我在原地等待着,等待的时刻多么艰难!我觉得周围的一切正在死亡,我听到有来自深处的呼叫,动摇着我的忍耐:别等了,动动吧!每当我感觉到自己欲起身外出时,母亲的命令之声便在训斥我,于是我又返回原地,继续等待。

当我看到第一缕朝阳的光线时,便像被蜇了一下似的,跳起身来,向沃斯米娅家奔去。

* * *

苍白的清晨犹如寡妇的脸，恐惧犹如被世界拒绝的顽童落入我的胸间，步履沉重地刻印在土地上，伤痕流淌着悲痛的血，流过我所有的血管。悲伤，我将永生带着悲伤。

通往她家的道路折磨着我，思想之泉迸涌着，烈火烧着我的双眼，几乎让我失明。这双眼已熟悉这条爱之路，从未走错过。曾有多少次，我如快乐的鸟儿，鼓动着希望之翼，来到这条路上，只想看见她，哪怕是远远地看上她一眼，那一眼带来的幸福会长伴我几日、几夜或几个星期。

可是今天！

我忧心忡忡，步履沉重，连那些美好的回忆也无法拯救我。我只觉得沃斯米娅就在我的胸前，淹没在我的血液里和忧愁中，温存地责备着我，结果更让我倍感后悔和痛苦。于是，通往她家的路变成了荆棘的田地，以前那里鲜花绽放，芬芳流溢，现在却使我两脚淌血。可我必须得走下去，支撑我走下去的就是那些回忆，是我对母亲的智慧的坚信：她喜欢沃斯米娅，会为她做任何事情。

* * *

我觉得只有我在向她家走去，我会在天亮之前、众人醒来之后到达她家。可是，当我来到她家的街前，突然发现人们已经聚集在那里了。

他们是从哪儿来的？是什么原因搅扰了人们的睡眠？男女老少，赤着脚站在那里。

"什么事儿?"

我佯装一无所知地问着,听到一位老年人微弱的声音:"毫无办法,只能靠安拉了。"

我分开众人,那呼叫声越来越近了……

原来是我母亲,她的斗篷脱落,头巾掉了下来,披头散发,发出被人宰割的叫声。一群妇女们亦带着断翅般难过的心问着她:"怎么会这样,阿卜杜拉他妈?"

"事情就是这样,姑娘走了……海浪把她卷走了!如果我们没带她到海边洗头发就好了。"

母亲仍在哭叫着,女人们问着、答道,声音此起彼伏:"太阳没出来前,沃斯米娅的妈和阿卜杜拉的妈带她到海边洗头发,她俩在那儿洗衣服,可是大海把她卷走了。"

母亲还在哭诉着:"我也下了水,差点儿淹死,想拉住她,可是这忘恩负义、玩弄巫术的大海把她抢走了……

"……啊,最苦的姑娘沃斯米娅!你走了,你妈妈的心该多么悲痛啊!"

那么,是我母亲宣布了这件事。

不……

母亲宣布了她那聪明的谎言,她编造了谎言,在她用那斗篷使沃斯米娅的母亲痛苦万分之后,又说服了她为了保护女儿、保护自己不受将要回来的丈夫的指责,沃斯米娅的母亲肯定同意了这一谎言。

是啊,有谁会不相信呢?谁会对这名门之女怀疑呢?这姑娘一直被保护着,连飞鸟都看不见她。为了保护她,她母亲就在黎明时分陪着她到海边洗头,以免被任何人看见。

有谁会不相信我母亲呢？她走街串巷，从未欺骗过人，从未制造过麻烦，亦从未惹过闲话。我推开众人，走到母亲身边，将她抱在怀里。她那通红的目光和我那鼓励的目光相遇在一起，我把母亲紧紧地拥在胸前，她那嘶哑的声音已经向我说明了她不曾说出的一切。

噢，妈妈，你的智慧从不背叛你。失去了心肝宝贝的沃斯米娅的母亲接受了你的谎言，证实着你的谎言，仿佛她如此地保护着我，宽恕着我。

我在众人中间拉着母亲，她便向挤满妇女和儿童的沃斯米娅家的廊下走去。然后，她用穿透我颤抖的关节的声音说："我要和沃斯米娅的母亲待在一起！"

我把母亲送进院中，然后拖着我的脚步、我那松弛的肌肉和我那下沉的心离开了。我用帽子擦抹着脸，仿佛欲抹去泪水、鲜血和尘土。我走开了，内心决定我将永远走开，决不再回到这个街区，这目睹了我的爱和我的恋人死亡消息的街区，决不！

第十一章

我决不回家！他独坐渔艇，对自己肯定着。他独自一人，只有愁伤与他相伴。他望着大海，渔网撒在海水深处，红色的鱼漂在水面上跃动着，竟使他的心也跃动着收获的希望。

天上那颗唯一的星星如同一个被恋人和伙伴们离弃的宅子，他就和这星星一样。自从与沃斯米娅永别之时便生植于心中的孤独不断地在他心中长大，直至他也永别了她的家，可是那所宅院永远镌刻在他的眼前，无论走到哪里，他都带着它。就是在那个宅院中，他度过了大部分童年时光；待他长成青年时，便不得进入；当他失去自己的恋人后，他连爱恋它也不可能了。

今夜他在继续孤独的时光，一切记忆、一切事情，他爱过的所有面孔，都被记了起来。母亲，为他而白发苍苍，为了他，编造了保护他恋人的谎言；沃斯米娅的母亲，她善良，毫无偏见，从不残酷待人；恋人沃斯米娅，她的面孔出现在每时每刻，美丽、可爱，当她还是个小姑娘时，手上总带着金戒指，待她长大成人，清风又总是吹拂着她漆黑的发辫，她的双颊总有鲜花盛开，直至死亡造访她之时。

伙伴们的脸，他们总是让他唱歌。

尽管他喜欢的这些面孔是那样慈爱，可另外一些面孔依然走进了他的记忆。他不喜欢那些面孔，有残酷地打伤他的腿的法赫德的脸；他妻子的脸——在她拒绝了他、咒骂了他的恋人大海之后，他便离开她，摔上了门，决定不再回到她身边，而她却粗暴地问："你什么时候回来？"他便再次肯定地说："我决不回来！不用等我！"

他在心里嘀咕着：该诅咒的！我知道她在等着我，好把她的谩骂抛到我的脸上，可是，我决不回去！

* * *

他的双眼如同一对星星，盯着渔网；他的梦想如同他的回忆，一个个接踵而至。他的朋友们又在求他了：唱吧，阿卜杜拉。于是，他的嗓音开始颤动，哼出了一支歌，但他却不知道，那歌词是被唱出来了，还是被夜风吞噬了。

就是这个大海变成了恋人的坟墓，海浪的低语传进他的耳中。他觉得那是沃斯米娅甜美的声音随海浪而来，给他送来了思念，送来了自从她告别了生命之后在海中度过的年月里的故事。他喜欢这低声细语，仔细谛听，熟悉了它。他觉得这是她在安慰他，在抹平他精神上的痛苦，期待着他的希望，让他永远是个正在成长的小男孩。于是，他反复自忖着:沃斯米娅会出来吗？她还是一条游弋的鱼儿，满怀思念，希望有一天离开那海的坟墓，走出大海吗？如果她回来了，她还属于他吗？他难道忘记了，她回来时仍然是名门之女沃斯米娅，而他仍是女贩玛尔尤姆的儿子吗？他难道忘记了，她回来时，仍然属于这禁止纯洁的爱情、禁止那没有门第差别的和谐时刻和拒绝承认那心跳之时的社会吗?

啊,沃斯米娅!如果你能回还,我将带你去远方,我决不告诉你的家人,也不会告诉别人,只有我们俩生活在一起,远离众目,远离封锁。我们来创造时间、地点和没有任何约束的新的传统。

但是!

噢……

他叹着气,叹息声撕破了心的沉默。于是,他明白了自己正在做着白日梦,勾画着迷茫的希望。死亡就是结束,死了的是永远不会回来的。

困意袭上他的眼睑,他伸手捧了海水,淋在脸上,品着海水的咸味。沃斯米娅喝了许多海水……他希望她今夜能来,走进他的网,使他能像捕捞一条最美丽的鱼儿那样将她捞起。

* * *

他与困倦抗争着,周围的静谧与平和增加着他身体上甜美的麻木。他靠在船边上,任头部悬空,两眼虽已困倦,却仍在盯着渔网。浓重的夜如无边的大海,只适于睡觉的人们和梦。可他仍在与困倦抗争,与梦抗争,与自己抗争。他不想让自己的眼睛闭上,哪怕是一小会儿,说不定沃斯米娅就会在那一小会儿来临。如果她看到他睡着了,肯定会同情他,不会把他叫醒,便又离去。也许她会认为他并不想她,或已经将她忘却,或他的心中已另有所爱;也许她会生气,从此不再来了。而他是为了她才每夜来此,来拥抱整个大海,因为她就在这大海的某一个角落。

＊　＊　＊

夜色之下，万物沉睡，只有海水声与他的呼吸和谐相应，轻轻地摇荡着渔船，俨如母亲的手臂拥抱着他，拍抚着他。可他却感觉到有什么在动，听到了如绸缎般柔软的声音来自天空，唱着、舞着。于是，他撕破眼中的困倦，听到那歌声向高处飞去，与另外的声音汇合，组成了柔软的线，圆的、四方形的、立方体的，金线、银线，像光滑的发辫互相交叉，边沿垂在空中。那里色彩光亮缤纷，如彩色的葡萄珠纷落四处。

他的面孔在黑暗中游动，只觉得欲潜入其中。水面平静，俨若梦幻中处女的脸。

突然一浪击起，溅起一枚银色的贝，它跃起，沉落，伴着那与回荡的音乐之声相互和谐的每一次跳跃。贝的两片慢慢地开启着，放出鲜艳的色彩，划破了夜的黑暗，照亮了天际。在那温柔的水面上，有声音响起，仿佛它是来自气喘的水手们的胸膛。

他的目光追逐着那些色彩和那美丽的贝，看着它慢慢开启，待它完全打开，他看见两只微黑的柔臂正伸展着，喘息着，打着哈欠，仿佛它们已休息得太久，在厌烦了海底之后，正等待着跃然而出。

手臂越抬越高，有头抬起来了……他能相信吗，这就是她的脸！她那黑色的发辫，那些色彩交相辉映，在海风中飞荡，然后，落在她那圆润的肩上。啊，这就是她那一双美丽的眼睛，在那里生长着爱和思念的田地。

他能相信吗？剧烈的心跳犹如鼓声，和那些色彩一起升腾着。随着心跳的加剧，这多年的愁苦，尚未被充满全身的快乐的手指撕碎之前，就已经开始逃离了。

他张开双臂，想把整个大海拥在怀中，紧紧地抱住，脸上充满不解和疑问：他真的看见沃斯米娅了吗？她真的犹如春雨般到来，充满他那过去的岁月的干枯吗？他仔细看看，再忆起童年时光。这就是她，同样的眼睛、同样的双唇、同样的发辫和同样柔嫩的充满慈爱的手。

她在微笑，笑得灿烂；她的嘴唇张开了，又闭上了。他觉得那双唇正在呼叫着他的名字："阿卜杜拉……阿卜杜拉！"

思念的激情在心中跳跃，他呼叫着："沃斯米娅！"

她就在他面前的水上舞蹈，披散的头发遮住了她的脸，她的微笑在闪亮。他又一次伸出双臂，以其全部思念呼叫着："来啊，沃斯米娅！"

她颤动着。

"来啊，快过来！"

她在摇晃。

"别撒娇了，我等了你这么多年。我的一生都是不幸，都是一个人，都在梦幻之中。"

她低下眼睑，梦想着。

"今天你和我在一起，你是我的，来吧，让我们举行婚礼。"

音乐之声伴着她的笑声，她那笑声犹如鼓声点落在他的心上。

"来啊，沃斯米娅，让我们在今夜欢度节日，这个时代的节日十分奇怪。"

她的眼中现出惊奇和好奇，但却不回答，一味地微笑着，两片嘴唇逗弄着、呼唤着他的名字。色彩还在闪光，时而遮住了她的双眼，时而挡住了她的双唇，她进入光彩之中，出来时更加明艳和靓丽。

他努力控制着自己，波浪般的音乐在流溢着，渔船带着他舞动着，令人陶醉。他的双臂正向她伸去，只觉得自己已经从被困扰的悲伤的森林中走了出来，身体自由了，挺立起来了。他听到自己的笑声停止了、远去了，俨若游离的光环，如鸟儿的翅膀掀动着，急急地去向他的恋人安息在其间的浪的怀抱中走去。

于是，他从心底发出了呼唤："沃斯米娅，我的爱人，你真的来了！我是个孤独岁月的囚犯。母亲已逝去了，请来到我身边吧，你就是我的母亲，你是我的一切！"

她把双臂向他伸来，她的唇也仍是甜美的微笑，纷纷地落在她那皓齿上，在她的脸上画出了线条和图形。这是来自奇异之邦的精灵的身体，是海的美丽女王变成了沃斯米娅，她在水下放光，周身散发出各种香气和慈爱。

"沃斯米娅，快来到我身边，我只有你一个爱人。我那愚蠢的妻子讨厌我身上的气味、大海的气味，我远离她，我从她那里向你逃来，向以你为信物的大海逃来。现在，大海把你送回来了，快过来吧！"

浪向她靠近了，他又张开了双臂，任浪在其间落下。一浪未平，另一浪又追逐而来，一口海水过来，他急忙咽下，心中漾起新的欢乐。当又一个浪头靠近他时，他准备拥抱。

于是，他鼓励着她道："靠近我，别害怕，沃斯米娅，我们是在海上。夜是安全的，那些眼睛远远的，那些专门伸进被偷享时光屏障里的鼻子已都睡着了。沃斯米娅，这里只有我独自一人，只有我的等待和急切的期待，我的渔网仍然忠实于它自己，忠实于你。"

海浪把她带近了，思念在等待着她。

海浪又把她带远了，热切的期待在追逐着浪花，他央求着说："沃斯米娅，你离我太久太久，不要再撒娇了。快来吧，让你的双脚摆脱那过去岁月的贝壳，快来吧，到我的胸膛上来舞蹈吧，从那恐惧中解放出来吧。那恐惧的时光还待在岸边，监视着，飞扬跋扈，可它在这里却正在死亡。在这里，整个天际都是我和你的，只属于我们。"

她的身体在晃动着，闪着光，生出了许多美轮美奂之景和微笑。她正在走近，海浪把她送了过来，可是又一次将她卷走，使她离得比上一次还要远，她的影子和她的色彩始终在陪伴着她。

波浪时而将她隐藏，时而让她显露，她的双臂带着无限的思念向他伸出，她的双唇呼唤着："阿卜杜拉！"

他明白她正被拖拽着，无法自拔，双脚被牢牢嵌在贝壳里。那贝壳之门时开时合，随时都准备张开嘴将她吞下。

他的心慌恐不已，当他那遥远的梦已经成真，他的伤愁已经远去之后，他能让她再次离去吗？他就这样睡眼蒙眬、难于行动地留在原地，等待着她在想象中靠近吗？

他突然振作起来，摇动着全身，站立起来，跟跟跄跄地以最大的声音呼喊着：

"沃斯米娅，等等我，沃斯米娅！"

……

他的身体坠入大海之中。

图书在版编目（CIP）数据

沃斯米娅跃出大海 /（科威特）莱伊拉·奥斯曼著；王复译. -- 北京：华文出版社，2017.4
ISBN 978-7-5075-4653-8

Ⅰ.①沃… Ⅱ.①莱… ②王… Ⅲ.①长篇小说 - 科威特 - 现代 Ⅳ.①I383.45

中国版本图书馆CIP数据核字(2016)第093425号

沃斯米娅跃出大海

作　　者：	〔科威特〕莱伊拉·奥斯曼
译　　者：	王　复
策　　划：	杨　平
责任编辑：	杨　宁　郭俊萍
特邀编辑：	王　芳　余菊芳
出版发行：	华文出版社
社　　址：	北京市西城区广外大街305号8区2号楼
邮政编码：	100055
网　　址：	http://www.hwcbs.com.cn
电子信箱：	sinoculturepress@yahoo.com
电　　话：	总编室 010-58336239　　发行部 010-58336270
	责任编辑 010-58336258
经　　销：	新华书店
印　　刷：	北京联兴盛业印刷股份有限公司
开　　本：	710×1000　1/16
印　　张：	7.5
字　　数：	60千字
版　　次：	2017年5月第1版
印　　次：	2017年5月第1次印刷
标准书号：	ISBN 978-7-5075-4653-8
定　　价：	28.00元

版权所有，侵权必究